一塵四記

下天の内

第二部

大音寺一雄

藤原書店

一塵四記

目次

一塵四記

下天の内 第二部

装丁・作間順子

一　旧師故情

昭和青春私史

青い雲は流れ行く水
心に刺さっている錆びた折れ釘
水の中に突っ立っている太い杭
それらが何かわからぬまま
時が流れて行った

一

『あなた、早く、早く！』

『なに、済州島から電話だって、何だろう、韓国から？』

——

『「キム・ショウカ」です……おわかりでしょうか……』

「ショウカ」と聞いてすぐに判った。

『ああ、片岡・鐘河君か——』

『憶えていて下さいましたか……かばって下さった昔のことを、思い出しまして……』

——よく、ぼくのところがわかりましたねと訊くと、「攻玉社中学」に尋ねたがはじめはなかなか教えてくれなかったのを、一年後輩でぜひお伝えしたいことがあるのでとねばってやっと教えてもらったのだと言った。

『懐かしいですね、あの頃……「勤皇学生連盟・攻玉社支部」、支部長は三年生の清田さんでしたね……憬れの先輩でしたが、今、どうしておられるんでしょうか?』

『さあ――』


攻玉社中学に入学したのは、昭和十六年四月である。

四年前に勃発した「日支事変」は抜きさしならぬ泥沼にはまっていたが、ラジオや新聞が伝える戦局は、皇軍向うところ敵なし、勝った勝ったの報道一色で、首都・南京が陥落するや「支那」全土の占領間近しと、国内は湧きに湧いた。

アメリカやイギリスが日本の中国制圧への批判を強め始めると、「支那」への蔑視は両国への敵意へと転化して、アメリカが日本の軍事力の補強に欠かせぬ屑鉄や石油の輸出禁止等の経済制裁を開始するや、敵意は憎悪へと増幅した。戦意は昂揚の一途を辿って、かくて起るべくしておこった「大東亜戦争」への突入であった。

天佑ヲ保有シ萬世一系ノ皇祚《こうそ》ヲ踐《ふ》メル大日本帝国天皇ハ昭《あきらか》ニ忠誠勇武ナル汝有衆ニ示ス
朕茲《ここ》ニ米国及英国ニ対シテ戦ヲ宣ス朕カ陸海将兵ハ全力ヲ奮テ交戦ニ従事シ朕カ百僚有《ひゃくりょうゆう》司《し》ハ勵精職務ヲ奉行《ほうこう》シ朕カ衆庶ハ各々其ノ本分ヲ尽シ億兆一心国家ノ總力ヲ挙ケテ征戦ノ目

的ヲ達成スルニ遺憾ナカラムコトヲ期セヨ抑々《そもそも》東亜ノ安定ヲ確保シ以テ世界ノ平和ニ寄與スルハ丕顕《ひけん》ナル皇祖考丕承《ひしょう》ナル皇考ノ作述セル遠猷《えんゆう》ニシテ朕カ拳々《けんけん》措《お》カサル所而シテ列国トノ交誼ヲ篤クシ萬邦共榮ノ樂ヲ偕《とも》ニスルハ之亦帝国カ常ニ国交ノ要義ト爲ス所ナリ今ヤ不幸ニシテ米英両国ト釁端《せんたん》ヲ開クニ至ル洵《まこと》ニ已ムヲ得サルモノアリ豈朕カ志ナラムヤ中華民国政府曩《さき》ニ帝国ノ眞意ヲ解セス濫《みだり》ニ事ヲ構ヘテ東亜ノ平和ヲ攪亂《かくらん》シ遂ニ帝国ヲシテ干戈《かんか》ヲ執ルニ至ラシメ茲ニ四年有餘ヲ經タリ幸ニ国民政府更新スルアリ帝国ハ之ト善隣ノ誼《よしみ》ヲ結ヒ相提携スルニ至レルモ重慶ニ殘存スル政權ハ米英ノ庇蔭ヲ恃ミテ兄弟尚未タ牆《かき》ニ相鬩《せめ》クヲ悛《あらた》メス米英両国ハ殘存政權ヲ支援シテ東亜ノ禍亂ヲ助長シ平和ノ美名ニ匿《かく》レテ東洋制覇ノ非望ヲ逞《たくまし》ウセムトス剰《あまつさ》ヘ與国ヲ誘ヒ帝国ノ周邊ニ於テ武備ヲ増強シテ我ニ挑戰シ更ニ帝国ノ平和的通商ニ有ラユル妨害ヲ與ヘ遂ニ經濟斷交ヲ敢テシ帝国ノ生存ニ重大ナル脅威ヲ加フ朕ハ政府ヲシテ事態ヲ平和ノ裡《うち》ニ回復セシメムトシ隱忍久シキニ彌《わた》リタルモ彼ハ毫モ交讓ノ精神ナク徒《いたずら》ニ時局ノ解決ヲ遷延セシメテ此ノ間却ツテ益々經濟上軍事上ノ脅威ヲ増大シ以テ我ヲ屈從セシメムトス斯ノ如クニシテ推移セムカ東亜安定ニ關スル帝国積年ノ努力ハ悉ク水泡ニ帰シ帝国ノ存立亦正ニ危殆ニ瀕セリ事既ニ此ニ至ル帝国ハ今ヤ自存自衞ノ爲蹶然《けつぜん》起ツテ一切ノ障礙《しょうがい》ヲ破碎スルノ外《ほか》ナキナリ皇祖皇宗ノ神靈上ニ在リ朕ハ汝有衆ノ忠誠勇武ニ信倚《しんい》シ祖宗ノ遺業

ヲ恢弘《かいこう》シ速《すみやか》ニ禍根ヲ芟除《せんじょ》シテ東亞永遠ノ平和ヲ確立シ以テ帝国ノ光榮ヲ保全セムコトヲ期ス

昭和十六年十二月八日

われわれの世代の「大東亜戦争」観はほとんどこれを下敷きにしていて、中国に対する侵略というような観念はまるでといってよい程なかった。戦後すこしずつその非をわきまえるようになったと思うが、といってアジア諸国を植民地化してきた米・英が正義の軍であった筈もなく、要するに双方の国益の対立とその擁護のために起ったいくさであるといって大過あるまい。

時が流れて、今、戦争の経験もなくその実態を全くといってよい程知らない人たちが、政治のおもて舞台に立つようになっている。「日支事変」と対米英戦の違いをわきまえず、一括してあのいくさは侵略戦争ではないという者も出てきている。

「詔勅」を読み返して、あらためて、歴史認識の難しさを思わざるをえない世のさまだ。

宣戦布告の命令を密かに背負った帝国海軍の真珠湾奇襲攻撃。アメリカ太平洋艦隊の壊滅。

九軍神、特殊潜航艇。

連合艦隊司令長官・山本五十六。

続いて陸軍も、イギリスの支配下にあったマレー半島に奇襲上陸しての猛攻に、自旗を掲げて投降して来た敵将パーシヴァル。

『無条件降伏――イエスか、ノーか！』

と机を叩いて即答を迫った、山下奉文司令官。

戦艦「プリンス・オブ・ウェールズ」、巡洋艦「レパルス」の撃沈によってイギリスの東洋艦隊も壊滅した。

勝った！

勝った！

日本帝国万歳！

日の丸の旗をかざした提灯行列の人の波――戦意の昂揚は止まるところを知らなかった。

湧き立つような街の空気とは裏腹に、自分の心は沈んだままであった。

通っている中学は、入りたくて入った学校ではない。まちがいなく合格しますと担任の先生が太鼓判を押してくれていた府立の一流中学に落ちて、ほかに行くあてはなかった。また、先生の勧めるまま、やむなく入った学校だった。

学校は目蒲線・「不動前」の駅近くにあった。丘という程の丘ではないゆるやかな坂道でも息を切らしながらやっと上った姉と聴いた入学式の校歌。がっかりしている筈の姉さんが嬉しそうにしている顔を見るのが辛くて、下を向いたままだった。

窓には見ゆ船の帆
庭には満つ潮の香
名にし負ふ竹芝の浦
攻玉社てふ我が学びの舎
果てしなきかの海は我がもの
力あるかの波は我が友

打ち寄するその波の間に
光ある玉を見よ こは海の宝
わがどちの日に磨きなす
光ある玉を見よ こは国の宝

あら雄々しあら美わし
海の国なる大和島根
あら嬉しあら誇らし
宝とすべきは我が玉の光

（船の帆だって？）
（庭に満つ潮の香だって？）
（どこにもそんなもの、ありゃしないじゃないか……）
（変な学校だ）

攻玉社は、「変な学校」ではない。文久三（一八六三）年創立という永い歴史を背負っている学校である。

蘭学者・近藤真琴が四谷坂町に蘭学塾を興したのが始まりであるが、その教育理念である「攻玉」と「和魂洋才」を詠んだ歌が残されている。

とつ国のみやまの石を砥となして
　　大和島根の玉みがかなん

近藤は明治二年に塾を築地の海軍操練所内に移して「攻玉塾」としたが、同十二年、海軍志願者のための別科を開設して「攻玉社」と改称した。

以後、海軍軍人志望の優秀な若者たちが多くここに学んだが、後の海軍大将十七名の他、軍神・広瀬武夫や佐久間勉艇長等もその名をここ攻玉社に留めているということを、自らも海軍少将であった校長は、朝礼や式典のたびごとに口にしていた。あの頃は沈滞していた学校に活を入れようと願ったのであろうが、名誉ある母校の歴史を何度聞かされてもそれによって生徒たちの気風のにわかにあらたまることはなかった。

上級生の清田さんは、そんな空気を打ち破って、学校全体の注目を一身に集めるようになった特別の生徒であった。

戦時色の緊迫に合わせて、それまではどこの学校もほぼ退役の軍人が担当していた「軍事教練」に現役の若い将校が派遣されるようになったが、攻玉社にも大下中尉が着任して、教練の時間数も増えた。

中尉は、熊本県出身のいかにも九州男児といった感じの軍人で、学校に貸与されている旧式の「三八式歩兵銃」をかついだそれまでの戦争ごっこのマネごとのような時間は一変し、モタモタしていると横ツラを張り飛ばされる厳しい時間になった。

年に一度、全校生徒が一丸となって行う模擬戦闘演習が、実際に陸軍が使用していた代々木の練兵場で実施されていた。それは、「査閲」と呼ばれた。

査閲は学校の名誉に関わる特別の時間で、あの日は何名かの副官を引き連れた現役の陸軍大佐がやって来た。

敵と味方の二手に分かれての演習の当日は朝からの激しい雨で、東軍のわれ等は全身ズブ濡れになりながら、銃をしっかり握りしめて敵陣めざして匍匐前進して行ったが、行く手をはばむ幅二メートル程の長く掘られた濠の手前で、隊は尻ごみして進めなくなった。濠の中は泥沼と化していたのだ。

その時――

泥沼の中にまっ先かけて飛び込んだ者があった。三年生の清田さんである。ズルズルすべり落ちて容易には這い上れぬ濠を必死の形相で渡り切った先輩につづいてわれらも濠を越えた。

誰もが無我夢中であった。

雨の中の戦闘演習は終結した。

高い壇の上に胸をそらして突っ立った大佐もズブ濡れだったが、声を張り上げて短い「講評」を述べるのを、全員不動の姿勢を取ったまま聴いた。

泥沼と化した濠の中を諸君ら全員が這い上がって前進したのは、先頭に立った一生徒の勇敢な行動のたまものである。畏《かしこ》くも天皇陛下より貸与された銃を濡らさじと片手で頭上高く捧げ持ち、残る手一本でクリークをよじ上ったその行動は、まことに兵に劣らぬ天晴れなものであった。

よって、本日の講評は、以下の如し。

――極めて優秀なりと認む。

以上

講評は、それまでは毎年「概《おお》ね良好」というもので、どの中学でもそうだったらしい。「極めて優秀」という評価は、教練担当の大下中尉のみならず学校全体の名誉であったから、この一事で清田さんは、教師からも一目置かれる生徒になった。

そういう先輩に選ばれた自分たち六名は、短い休み時間も授業が終わってからも、清田さんを囲んで、校庭の隅の小さな空き部屋にいた。銃などを格納する兵器庫の脇にあって、もとは掃除用具などを入れるのに使っていたらしい。

先輩はそこを「勤皇学生連盟・攻玉社支部」と呼んだ。

集まる者は、浅田、川島、氏森、杉山、一年遅れて片岡が入ってきてわずか六名――それ以外は希望者がいても清田さんは数を増やそうとはしなかった。小人数だから結束するんだという考えがあったのだろうが、片岡の入部は自分の頼みを聞き入れてくれたものだった。

彼が差別用語でからかわれていたのを何度か耳にして、その悔しさはよくわかっていた。自分の心にも屈折がある。似た者どうしが手を結んだのだが、彼が「支部員」に加わると同時に、からかいはやんだ。

浅田は、岩手県の貧しい農家の生まれで高等小学校に進んでいたのを、下町の子どものいない町工場のあるじがいずれ養子にするつもりで引きとって、攻玉社に入れたのだった。一つ二つ年うえの、頭のいい男だった。

川島は大工の次男坊､勉強はあまりできなかったが熱烈な「愛国少年」。氏森は浅田と並ぶ秀才。杉山は少し不良がかっていたが、一人で他校の門前に待ちうけて、「玉社」の生徒を脅したというその不良をやっつけてきたという、そのめざましい働きが、先輩の気に入ったのだろう。

「勤皇学生連盟」などという組織が実際にあったのかどうか、わからない。わからないが、われらは先輩のことばをそのまま信じて、許されてなった「支部員」の名誉をともにしていた。

今思えば、あそこはわれらの「隠れ家」だったのだろう。どういうわけか、子どもは、人の知らない秘密の場所――「かくれが」への憬れを持っているのではないか……家ならば押し入れの一隅、屋外ならば昔は東京でも一寸探せばすぐに見つかった人のあまり立ち入らない原っぱの隅――子どもの心をワクワクさせた特別の空間が、やや長じたわれらの「攻玉社支部」だったのか――。

清田さんはみんなに、『葉隠』を読めと勧めていた。自分は彼の好きな「武士道といふは死ぬ事と見付けたり」よりも、恋の至極は忍ぶ恋……の方が好きだったのだが、先輩には言えなかった。

清田さんが特異な生徒なら、教師にもまた一風変った先生がいた。

一人は増岡恒雄先生である。

慶應義塾大学を出たばかり、長身のスマートな先生で、英語が担当科目だったが、英語などはもう「敵性語」などと呼ばれて人気のない教科であった。

先生は相つぐ陸・海軍大勝利の報道に興奮して授業の始めに何かと戦局の話をしたがるほかの教師たちとは違って、時局にはあまり関心がないかのごとく、淡々と、ユーモアを交えた授業を進めていた。

時には「脱線」して、早くも女性たちが「防空頭巾」などという不恰好なものを背にし始めていたなかで、大きめの帽子を少しかしげてかぶっているらしい自分のワイフの姿などを身ぶりも交えて話すのを、この「非常時」に、何たる「先公」かと、そっぽを向く者も少くなかったが、自分もその一人だったかもしれない。

人気のない科目の「変な先生」と違って、評判のよかったのは「生物」担当の「タコちゃん」だった。つよい近眼に黒ブチの大きな丸眼鏡をかけて、頭髪といってもほとんどない。いつの時代でも子どもはピッタリのあだ名を思いつくものだが、「タコ」があの戦時中に和服に袴でいたのも風変りで、変に人気があった。

「タコちゃん」はなかなか厳しくて、教科書を忘れて来たり授業中におしゃべりをしたりするような者は、全員、教壇の前に一列に並んで立たされた。

体罰である――。

着物の袖をたくし上げ、にぎりこぶしを二、三度頭上に大きく振り回して、ドスンと尻を叩く。しかし、こぶしは体に当る一歩手前でぴたりと止まった。生徒の方も心得たもので、「痛ぇ！」などと叫んで尻を押さえて前につんのめる所作に教室中は大笑い――いつもそうだった。

授業がまたふるっていた。

「清水の次郎長」や「黒駒の勝造」などが登場した。

当時、人気絶頂の浪曲師・広沢虎造の「次郎長外伝」に登場する二人が敵同士であることは誰でも皆知っていたが、そんな二人が、なぜ「生物」の授業に顔を出したのか――。

あれは「天敵」関係についての話のおりではなかったか。愉快ですぐわかるヒネリの効いたキイ・ターム「次郎長」と「勝造」、みんな面白がって授業の内容などそっちのけで聞いていたから、先生の思惑に反して授業の効果はあまりあがらなかったかもしれない。

教師は無論のこと、世間のおとなたちすべてがズボンにゲートルを巻いていた「非常時」に、和服に袴で通している先生を、ある時、前からいる老いた配属将校がとがめると、くるりと袴をまくってみせた先生は、素足にゲートルを巻いていた。

自分が「タコちゃん」の本名を知らないまんまであったのは、なんだこんな学校、というひけ目がずっと胸の奥にわだかまっていたからだろう。妙に反抗的な生徒だった。思い出すのもイヤなことがいくつもある。

たとえば、大下中尉への反抗だが、ある時中尉は、整列した生徒たちに厳しい顔つきでこう命令した。

『さ来週の教練の時間までに、「軍人勅諭」の五つの徳目――「忠節」「礼儀」「武勇」「信義」「質素」の全文を暗記してくること。一人ひとり奉唱させる。それを以て今学期の成績を決める。以上』

「軍人勅諭」というのは、明治十五（一八八二）年に発せられた「陸海軍軍人に賜《たま》はりたる勅諭」の略称である。発案者は、陸軍卿・山県有朋で、これは、日本の軍隊は天皇の軍隊であり、天皇が自ら率いるものであるということを宣明したものだ。

勅語発布の形式は一般の法令布告の形によらず、天皇がその意思を直接陸海軍軍人に伝えるというかたちをとった。

上官の命令はすべて天皇の命令であるとされ、命令への絶対服従という日本の軍隊に固有の規律がここに成立して、終戦までの日本人を拘束しつづけた。

山県は、当時軍隊にも影響を及ぼしかけていた自由民権運動を懸念し、これを未然に封じるための策として天皇じきじきの命令であるという形式を思い立ったのであったが、これはその八年後の「教育勅語」にも踏襲されている。

「軍人勅諭」は、「我国の軍隊は、世々天皇の統率し給《たま》ふ所にぞある」に始まるもので、中心は「一《ひとつ》軍人は忠節を尽《つく》すを本分《ほんぶん》とすべし」以下五項の徳目を事こまかに説き聞かせるところにあったが、ここもかなりの長さで、これを全文暗記せよというのは強引な命令であったが、生徒はそれに従わなければならぬというのは、上官の命に必ず服してきた中尉からすればいわば当然のことであったに違いない。

二週間後――

中尉は整列したわれら全員の一人ひとり順番に、五項を少しずつ唱えさせた。

『一《ひとつ》軍人は忠節を尽すを本分とすべし。凡《およそ》生を我国《わがくに》に稟《う》くるもの、誰かは国に報《むく》ゆるの心なかるべき。況《ま》して軍人たらん者は、此心《このこころ》の固からでは物《もの》の用《よう》に立ち得《う》べしとも思はれず』

『よし！　次！』

『よし！　次――』

二週間後のテストというのをすっかり忘れていたが、どうしよう、と思う間もなく番が廻って来た。

『奉唱しません！』

とっさに、そう応《こた》えていた。

『なに！』

『「勅諭」の暗記を試験に使うことに納得が行きません。奉唱してもし言いまちがえでもしたら、天皇陛下に申しわけがありません！』

返答に窮したのか、中尉は少し沈黙の後、『本日の教練の時間はこれを以て終りとする。以上！』と宣言するや、けわしい顔つきを一層けわしくして教官室に退ち去った。

何と言う小賢しさ――ひねくれた行動は、これにとどまらなかった。

あの頃は、渋谷道玄坂上のアパートに姉と一緒に暮していたのだが、すぐ前に大衆演芸場があった。そんな場所への出入りは禁じられていたが、何かまうものかとほとんど毎晩のように入りびたりになっていた。

浪花節も講談も忠臣義士や孝子の話ばかりの中に、そんなものとは無縁の芸人が二人いた。「都々逸」の柳家三亀松、弟子の「ノンキ節」の石田一松である。

三亀松は着流しの着物姿で三味線を爪びきながら、

去年の今夜は
知らないどうし
今年《ことし》の今夜はうちの人

ってね、どうだい、いいだろと、ほんの三つぐらいをつぶやくように唄ってすっと引込む所作も粋な芸人だった。

一方、一松はバイオリンを弾きながら、こちらは声を張り上げて自作らしい変な唄を歌う。

東京は渋谷の
お女郎屋の前に

大きなビラが貼ってある
何であろうと読んでみたら
「職域奉公」
と書いてある
ハハ、ノンキだね――

「職域奉公」というビラは、あの頃、工場や職場の入口に必ずといっていい程貼ってあったもので、それぞれの職場で皆一生けんめい仕事に励め、それはお国のためだという、「大政翼賛」と並ぶ当局自慢の国民への訓《さと》しであった。それをからかったのだから、彼はなかなか勇気のある芸人だった。

アパートの近くに東京商大の学生がいた。坊や、坊やと可愛がってくれていたが、ある時言われたことがある。

『花月劇場に入りびたりだって……姉さんが心配してたよ――』

――中学の受験に失敗したからって、大したことじゃないじゃないか、そこでしっかり勉強して、いい高校に入ればいいよ、近くには一高がある。一高に入れよと言ってくれたあとの言葉が、転機になった。

『ぼくは日曜ごとに恵比寿の禅寺に通っているんだ、いつ兵隊にとられるか、精神修養のつもりなんだけど、一緒に来るかい、姉さんも安心すると思うけどな』

「姉さん」の一語が胸に刺さった。

『連れてってよ、一緒に行くから――』

商大生の後について恐るおそるくぐった福昌寺の門、師家の名は中根環堂。

小柄な人だったが、薄暗い本堂の中で一時間ほど坐った後、禅の教典『従容録《しょうようろく》』の提唱があった。碧巌録と並ぶ禅宗の二大教典であり、宗教詩とも読めるこの仏典の詞藻の高みに、中学一年生の手のとどく筈がない。

意味は少しも分らずただ聞いていただけだったが、堂内に響き渡った一語一語のいくつかはまだ耳に残っている。

第二則の「本則」の一語――

『かくねん　むしょう！』

第九則『南泉斬猫』の「頌」は、ほとんどそのまま記憶している。

りょうどうのうんすい　ことごとくふんどす　おうろうし　よくせいじゃをこころむ　り
とうざんだんしてともにかたちをぼうじ　せんこひとをして　さっけをあいせしむ
（中略）
じょうしゅうろう　しょうがいあり　そうあい　こうべにいただいて　ささにあたれり
いちゅうらいや　かえってめいかん　ただこのしんきん　しゃにこんぜず

二

昭和三年四月二日、福岡県小倉市に生まれた。
生まれた家は寺で、ずっと父だと思っていた人は養父だった。実の父はどこのだれとも知らず生まれてすぐ寺に引きとられて、籍も入れてもらっていた。

遠いいくつかの記憶……
記憶というよりどこか無意識の冥《くら》がりにでももともっているような明りはお灯明の火か
線香の香り……

「ジョン」の背中のぬくもり
「オッサン」ということばと頬ずりのチクチク
「カズンや、カズンや……」ということばの響き
手洗鉢《ちょうずばち》のぼんやりしたかたち
吊り下っていた手拭いの白さ
かかりつけのお医者さんと看護婦さんの声
聴診器の二本の黒いゴムの先のへこんだ白いものが胸やおなかを押す
きもちのわるさ

……

思い出した
蓄音機の
先が開いた何か黒い花のようなラッパのかたち
四角いいいにおいがする箱にすがって立って
歌っていた

……

おててたたいて
たたこをすって　ドッコイショ
あすはゆくよと　コーリャ
めになあみだよ　チョイナチョイナ

『カジイしゃんな、あたまのよかね……』

『アタマが　おめぇ……』

『そうじゃろう　そうじゃろう　ちえのいっぱい　つまっとんなるけん……』

近所のおばさんたちが言うのを嬉しそうに聞いていた遠い母さんの影――


突然崩れた平穏な日々――。

母の姿が家から消えて、一緒にひきとってもらっていた姉もいなくなった。

すこし経って、新しい母親《ひと》が家に入ったが、実の母と過ごした日々が短かったせいか、義母にはすぐ馴れて、母さんはどうしたんだろう、と時どき思い出すぐらいだったが、東京へ行った、という姉さんは毎月大判の講談社の絵本を送ってくれていた。

昭和十年四月、入学した小学校は「足立小学校」といった。

夏休みの少し前頃だった。家の近くまで来ると物かげから母が出てきて、手をひかれてそのまま門司港まで、連絡船で下関へ、下関から汽車で東京へ、何が何だかわからないままの不安な旅、買ってもらったアイスクリームもほとんど口にしなかったのではないか。

関・門連絡船の赤い吃水線をピチャピチャ洗っていた波の音と、幾つもくぐったトンネルの闇と、閉ざした窓の隙間から入り込んできた煤煙のくすぶった臭いを憶えている。

『どこへ行くの?』

『東京だよ……姉さんも待っているからね』

『また、足立小学校へ帰れるの?』

『――』

『ああ、夏休みがすんだらね……』

母は寺に出入りしていた井上という男にだまされて暴力的に連れ出されたあげく、なかば軟禁状態のまま一年半もの暮しに耐えていた。二人の子どもへの災いの及ぶのを恐れてのことだったのだが、耐えきれなくなって、自分をさらうようにして逃げたのだ。そのすこし前に、姉は東京の縁者にあずかってもらっていたから、ひとまずそこを頼るつもりだったらしい。

昭和十年七月、二人が降り立った渋谷の駅は、道玄坂とその反対がわの宮益坂というともにかなり長い坂を下りた接点に位置し、私鉄の多摩川電車と東京市電、それに東横線の合するターミナルであったが、井の頭線も開通して、渋谷の町は新しい発展をとげつつあった。

遠縁の者は井上の暴力を恐れて、われわれを受け入れてくれなかった。

ひとまず、東横線の「並木橋」という、渋谷駅からすぐの駅のガード下の長屋に身を寄せるしかなかったが、悪縁というか、すぐに後を追って来た男につかまって、結局そのまま、三人の暮しになってしまった。

毎日毎晩、自分は脅えて暮していた。

足立小学校には戻れず、東京で通うことになった学校は、宮益坂を下ってすぐのところにあった木造二階建ての古びた校舎で、渋谷尋常高等小学校といった。渋谷で一番古い学校だったらしいが、校長先生も国分長左衛門という古風な名前だった。校門を入ってすぐのところに「御殿山」

という小さな茂みがあって、そこに「教育勅語」が安置されていた。

担任の三戸通俊先生は父兄の信望が篤く、結局六年生まで持ちあがりということになった。そのことで自分が受けた恩恵ははかりしれないものがあるが、それについては後で書く。

転校でかたくなっていたが、友だちはすぐに出来た。

年に何回かあった祝日は、式のあと学校が休みになるいい日だった。

その日は、白い手袋をつけた教頭先生が、「御殿山」から勅語を捧げ持って出て、教室をいくつかつなげた急造の講堂の壇上に立っている校長先生に手渡すと、先生はうやうやしく一度拝んでから、くるくると巻物をひらき、やがて「奉唱」が始まる。

最敬礼をしたままのわれらの頭上を荘重な声が流れる。ながい厳粛な時が終ると頭を上げて一せいに洟《はな》をすすりあげる騒音で、講堂の空気は一気にかき乱れた。

ややあってオルガンの響き、「東京市歌」の斉唱である。

紫匂ひし武蔵の野辺に
日本の文化の花咲き乱れ
千代田の森なる大東京の

伸びゆくちからのつよきを見よや

それが終ると、待ちに待っていた紅白二つのおまんじゅうをもらって家に帰る。家に帰るのはイヤだったが、祝日はいい日だった――。


三戸先生の校内での地位は低かったのではあるまいか……

「教頭」という校長の次に偉い人の下にも、「主任」とか何とかがつく先生が何人もいた。女組の女先生も男・女組の男の先生もそうだったが、三戸先生には何もつかず、ただポツンと立っている先生のように見えた。

若い頃はテニスの選手だったという明るくて親切な先生がみんな好きだったから、子ども心にもそれが悔しかった。

三戸先生はどの教科の指導にも熱心だったがとくに国語が好きで、それが綴方の得意だった自分に幸いした。

先生はいつも自分の書いたものをガリ版刷りにしてクラス全員に配っていたが、ある作品は父兄の許にまでとどけられたことがある。

「三円の大工道具」という題だった。

四年生になってすぐだったか、図・工の時間に使う大工道具を至急売店で買わなければならないことがあった。

それは、一組三円もした。

その金の工面がつかず、母の困っているようすを書いた綴方だったが――程なく家には何組もの大工道具がとどいて、母は前以上に困っていた。

あの頃の小学校には、先生と児童、子どもどうし、親たち相互の間にも親密なつながりがあって、小学校は、一種特別の共同体のようなものであった。誰もが、学校の中でも殊に小学校が懐かしいのはそのためではないか。

世も変り、人も変った。

東横線のガード下、男に働きがないから、母は何でもして働きづめにはたらいていた。

学校から帰っても母はいない。一階の共同炊事場の棚の隅に、匿すようにしていくらかの小づかい銭を置いていてくれていた。

取り出したものを握って、近くの子ども相手の駄菓子屋さんで何か買って食べていた。アイスキャンデー、スルメイカ、寒くなりだすと、オデンもあった。

五年の二学期が始まってかなりたった頃だった。何がいけなかったのか、突然の腹下し、高熱。赤痢とわかった。

隔離病棟に入れられて二週間ほど、退院となっても家に蓄えなどのあろう筈がなく、支払いに窮していた母にはもう一つの別の悩みがあった。

翌年に迫った自分の中学校への進学の問題である。

入院する直前、見舞いに来た三戸先生が、

『和男君は勉強がよくできますよ……ぜひ中学校へ上げて下さい。一中でも四中でも受かります。渋谷小学校の代表児童だと思っています』

と言われるのを聞いていた。

府立一中と四中、どちらもまぶしいような学校だった。

夜、話を聞くと、男は言った。

『とても、中学などにはやれん――』

学校を出たらどこかいいところを見つけて小僧にでも出すんだな、それしかしょうがないと、二月八日)、これによってわが方は、制海・制空権を一挙に失うことになった。

以後の戦線は後退につぐ後退を余儀なくされたが、「軍人勅諭」の諭しに従って退却や降伏を許さない日本軍は「玉砕」という名の全滅をつづけ、十九年六月、最後の防衛戦であったマリアナ諸島を失い、同島沖の海戦で、連合艦隊の航空兵力はほぼ全滅するにいたった。


戦局の逼迫に対応するために、すでに大学生らの徴兵猶予の特典は廃止されていたが、十八年十月二十一日、明治神宮外苑で出陣学徒壮行会が挙行された。

約二十万人の若者たちが、短期の訓練の後、中国大陸や南太平洋の最前線に送られて行った。中学生もまた、十九年三月、学校を離れて続々と軍需工場などに動員されることになったが、その数は二百八十九万人に達したと記録されている。

われわれは、都心からかなり離れた所にあった工場に動員されて行くことになった。飛行機の照準器を造っていた。

引率者は、担任になった増岡先生であった。

清田さんは陸軍士官学校の生徒になっていたから「攻玉社支部」は自然解消していたが、先生はわれわれ五名を一まとめにして、本工場から少し離れた分工場で働くようにして下さったから、一致団結していた「支部」の友情は、そのまま持続するかたちになっていた。

本工場で働いていた級友たちは、「紅ガラ」を使ってレンズを磨く機械の前に手をまっ赤に染めたまま一日中立ち通しという馴れぬ仕事のうえに、栄養状態の悪い当時のことで、病気で休むものがたくさん出た。一方、分工場のわれらは、旋盤工の見習いだったが、工員さんが「オシャカ」と呼ぶ欠品ばかりを造っているうち、もういいからとお手伝いのようなことをやらされていた。

大した仕事があるわけではなかった。

本土の空襲は日常化していて、「警戒警報」が鳴ってすこしたつと、米軍機が高く青い空を都心に向って飛んでいた。

そこでは、惨劇が展開されていたのだが、「報道管制」で国民には何事も知らされず、われらのまわりには、戦時とは思えぬのどかな時間が過ぎて行った。

本工場ではみんな立ち通しで働いているのに自分たちはこんなことでいいのか、口に出さないまでも、五名のみんなだれもうしろめたい思いがあったと思う。川島が、つづいて杉山も、予科練（海軍飛行予科練習生）を志願して、学校をやめて行った。

体力検定は大変だった。

三八式歩兵銃をかつがされて、学校の裏手一帯に広がる農地、「十五畷《なわて》」というあたりを、果てもなくぐるぐると一体どれだけ走り廻されたか、何度も銃を投げ出したくなるのを、なんとか耐えて走った。（がんばるんだ、ここへ入るんだ、何としても、姉さんのためにも）とそんなことを思い続けて走った。

三

校歌（若紫に）

一　若紫にうすがすむ
三年《みとせ》の丘の春の日よ
嗚呼潑溂の意気になる
青葉のそよぎ 草のかげ

二

櫨《はぜ》の葉匂ふ筑紫路よ
明け行く野辺に我立てば
東雲《しののめ》空に日は燃えて
色華やかに映ゆるかな

三

玉楼の秋月冴えて
朱殿の下の萩の露
今銀燭のさゆらぎに
宴《うたげ》の宵の深み行く

四

夕《ゆうべ》の鐘につどひ来て
野の歌高く吟ずれば
躍る心や六百の
十五畷《なわて》の若き群

白線三本、佐賀高校の正帽をかぶってみせた時、姉は泣いた。

やっとわびが叶ったと思ったが、よく「内申書」がパスしたな、とどこか不思議な気もしていた。


高校も授業は停止されていたから、われわれ「佐賀高等学校報国隊」三十名は、佐世保の海軍工廠で働くことになった。

地下工場だった。

一日中、煙幕に包まれていて、たまに外に出ても遠目のきかぬ工廠の、午前中の仕事が終って昼食になる前、「報国隊」は一列に並ばされた。

貸与されていた工具や人数に異常がないかどうか、係官が点検したが、そのあと歳はすこし上だけの若い少尉殿から「聖戦必勝」の精神訓話を聞かされ、それが終ると不動の姿勢をとらされて、しばしば全員がわけもわからず「往復ビンタ」をくらわされていた。

『オマエら文科生は、姿勢からしてたるんでおる。この非常時、文科生なんぞお国の役に立ちはせん！』

ビンタも辛かったがもっと辛かったのは、空腹である。立たされている脇の作業台の上にはすでに、アルマイトの食器に入った昼食が並べられている。サツマ芋と麦をまぜたメシに味噌汁とタクアン――味噌汁とはいうものの「おすまし」に近い汁の具は、ほとんど毎日「トウガン」が二切れか三切れ、それでもたがいは少尉殿の目を盗んで横目でそっとメシの椀を点検していた。メシの盛りに少しずつ差がある。少しでも盛りのいいのはどれか……だれもが大体の見当をつけていた。

『始め！』

待っていた号令、サッとつかんだメシの椀の端をもう一つの手が掴んでいるのを、グイと手前に引きよせると、手を離した相手は口許に照れくさいような薄笑いを浮かべている。国島だ。東京から来たということで、ふだんはよく話をしたものだが、この時ばかりは別だ。誰もが小さな満足感と出遅れの苦汁をなめた昼飯時、あさましいかぎりだった。

役立たずの「報国隊」は、程なく地下工場から追い立てを喰って、工廠裏手の丘の上の高射砲陣地の拡張工事にまさわれることになった。

真夏の熱い陽差しのもとでの土方作業はきつかったが、夕刻五時、やっと作業から解放されると、空き腹をかかえてそこから三〇分程の別の丘を越えて寄宿舎に帰る道がまた辛かった。空腹がどんなに人間を卑しくするか、などとは今思うことで、あの頃はそんなことを思うイトマもなく、空き腹をかかえて何も考えずに歩いていた。

丘の途中に茶店が一軒あった。簾で囲った台の上にまくわ瓜やトマト、どうかすると冬瓜《とうがん》にサツマ芋の切れはし、それらをまぜて煮たような小皿が二つ三つ残っているようなことがあった。それがまた、誰ものひそかな目標になった。

店のすこし手前あたりから、疲れ切っている足許に力がよみがえり、早く、早く、急がなくちゃあ――。

おとなしい国島も、そうしてやっと手に入れた食べ物を歩きながら口にしているのを見かけた。自分もその一人だったのを棚に上げて、ムシャムシャさもうまそうに音をさせて喰っている久保を少し変な目で見ていた。「うめえのう」と、しきりにまわりに言うのに誰も何とも言わない。皆ただ黙々と食べている。山本は、そんなものは見向きもせずに歩いていた。いつもそうだったが、べつにまわりの者をみくだしているようなようすはなく、ないどころか何かのひょうしにつまづくような者があると、すかさず手を差し伸べて支えてやる俊敏な身のこなしが男らしくていい感じだった。

長身で、柔道が強いらしいというウワサを聞いたことがあったが、あまり話しをすることもなかったのは、彼に何かひけめのようなものを感じていたのかもしれなかった。

思いがけないことが起きた。

国島が、赤痢の疑いで、寄宿舎からさらにまた遠く離れた隔離病棟に入れられてしまった。

長崎に「新型爆弾」が投下されたのは、その数日後のことである。

「原子爆弾」だということなど無論まだ誰も知らないが、何か異常な破壊力を持った爆弾だというウワサはすぐに伝わってきた。くわしいことは判らないまま、それでも何か終りが近づいているような直観が、口には出さぬものの誰の胸にもあったと思う。

週に何回だったか、夜間に寄宿舎まで講義に来ていた教授たちも皆、異常に興奮していた。

いよいよ「本土決戦」の時が来た。「神州不滅」と、さすがにもう聞き飽きていたことばを繰り返すだけの東洋史のM教授は凡庸のうわさ通りで、この担任の話は誰も皆無表情に聞き流しているだけだったが、なかに、文部省から出向してきていた倫理学のT教授の、淳々と「道義国家日本の使命」を説く講義には、ほとんど全員が耳を傾けて聴いていた。

誰もが、生きる目的というよりも近づいている死の予感、それに対処する手がかりを求めていたのだ。

教授は語った。

――「大東亜戦争」の目的は、ながく欧米の植民地支配に苦しんできたアジア諸国の解放にあるのであります。そこにこの「大御戦《おおみいくさ》」の使命があり、そこに「大義」の存することは、あらためて諸君らに説くまでもありません。諸君らはこの「皇国の使命」のために殉じてこそ、朽ちることなき永遠のいのちを得るのでありますが、いまやその大いなる時の近づきつつあるのを、ひしひしと身におぼえるのであります、と、厳粛な面持ちで語り続けた。


中でひとりだけ毛色の変った人がいた。

ドイツ語のF教授である。

教授は時局の話などは全くしなかった。

前置きのような短い話はたいていが一高時代の友人たちのことで、ドイツ語の単語の数をふやそうとしたヤツが思いついたいい方法は毎日一枚ずつ辞書を破って呑み込んでしまうというやり方でネ、という嘘か本当かわからぬような、たぶんウソの話。

また、三年間髪も切らず風呂にも入らなかった男が、いよいよ卒業となって、映画俳優・林長二郎行きつけの渋谷で有名な「床屋」に出かけて行ったが、中にも入れてもらえず仕方なく寮に戻って友だちにジョキジョキ長髪を切ってもらったのはいいが、その晩風呂に入って足の裏にこびりついている三年分の垢をよく切れる「肥後守」で削っていた時、削りすぎて骨まで削ったという、これはもう作り話に違いないバカ話を、冗談などは言いそうもない学究肌の珍しい「脱線」ぶりで、われら一同を笑わせたりしたこともあった。

F先生はそんなことで、異様に硬直した寄宿舎の風通しをよくしようとの思いだったのかもしれないが、さすがに自分でもバカらしくなったのか、

——われわれは近く重大な局面を迎えるでしょう。諸君ら、自重されよ、と言って話を結んだことがあった。

それが、他の教授たちの言うように若者が進んで命を投げ出さなければならない時と違うことは、「自重されよ」という一言に込められていたのだが、そのときはそれと気がつかなかった。誰もが、「皇国の使命」や「神州不滅」などという観念を、棒のように呑み込んでいた時代であった。

八月十五日の戦争の終結を告げる天皇の「玉音放送」は、命令によって集合した地下工場で整

列して聞いた。

発音や発声がわれわれのものとは異なる一種不可思議な声、そのうえ、雑音も入ってよく聞きとれなかったが、

――タエガタキヲ　タエ　シノビガタキヲ　シノビ……　バンセイノタメニ　タイヘイヲ　ヒラカントホッス……

等のことばによって、それが敗戦という非常事態を告げるものであることは判った。疑うことのなかった「神州不滅」の観念の崩壊、心の支えの太い杭が突然引き抜かれた名状しがたい空虚感、何に対してか、ただただ申しわけないという思いで涙が溢れた。

新聞の写真は、皇居前広場にひれ伏して、深々と頭を垂れている人たちの姿を報じていた。あれは当時の国民大多数の心の姿に違いなかったが、それがあらたな「非常事態」を引き起すことはなかった。

朕ハ茲《ここ》ニ国体ヲ護持シ得テ　忠良ナル爾臣民ノ赤誠ニ信倚《しんい》シ　常ニ爾臣民ト共ニ在リ若シ夫レ　情ノ激スル所　濫《みだり》ニ事端ヲ滋《しげ》クシ　或ハ同胞排擠《はいせい》　互ニ時局ヲ乱リ為ニ大道ヲ誤リ信義ヲ世界ニ失フカ如キハ　朕最モ之ヲ戒ム

宜シク挙国一家子孫相伝へ　確《かた》ク神州ノ不滅ヲ信シ　任重クシテ道遠キヲ念《おも》ヒ　総力ヲ将来ノ建設ニ傾ケ　道義ヲ篤クシ　志操ヲ鞏《つよ》クシ　誓テ国体ノ精華ヲ発揚シ　世界ノ進運ニ後レサラムコトヲ期スヘシ
爾臣民其レ克《よ》ク朕カ意ヲ体セヨ

ここには、アメリカの軍事占領を事なく進めんがために、天皇の「神威」を借りた当時の支配層の入念細微にわたった苦心が読みとれる。占領に際して、つい先日までの恐るべき敵国の反抗の銃声一発も響かなかったという、アメリカも驚嘆しただろう事態――あれ以上一滴の血も流さなかったのは無論よかった。

それはそうだが、お上の意向に忽ち右へならえするわれらの国民性の如何は、今、別途の考慮に価するのではあるまいか――

軍には当然、別の動きがあった筈だ。

「終戦」の翌日、学生をはじめ動員によって佐世保に集まっていた民間人は直ちに退去せよ、という鎮守府司令長官の命令が出た。「本土決戦」のつもりだったのか。

支給された列車の無賃乗車券とわずかな乾パンを手に、駅に着くと、異様な光景を見た。ボロをまとい、黒く焦げたような顔の人たちの憔悴し切った姿、長崎からやっとここまで辿り着いた人たちだったに違いないが、誰もが混乱の只中に、右往左往するばかりであった。

アメリカの徹底的な爆撃によって鉄道はいたるところ破壊されていた。焼けつくような線路の上を歩き歩き、やっと動いている列車に乗れたかと思うとまた徒歩でトボトボ枕木を伝って歩くの繰り返しで、何日かかかって、やっと広島の近くまで辿り着いたが、目に入った山がみな秋の紅葉のように色づいているのを変だとも何とも思わなかったのは、ほとんど何も食わずの歩き通しで消耗し切っていて、思考力も感受性も何も失いかけていたからだろう。

だが、駅まで着いて見た目の前いっぱいに拡がっている光景は、異様とも何とも言葉もなくただ息を呑んで立ちつくしたままであった。

わずか四カ月程前、ここを通過した時目にした光景は拭い去られたように跡かたもなく、照りつけるむごい陽差しの下は一面むき出しの廃墟、目のとどくかぎり、遙か先の彼方まで黒々と焼け焦げた瓦礫の山また山の、ところどころに堆く積み上げられているのは牛馬の残骸であろうか……死の街の中で動くものといえば、ひん曲がった水道管の蛇口からわずかにポタポタ漏れ落ちる白い水のしたたりばかり……。

それが目に入るや、にわかに渇きをおぼえて手に受けてやっとすすった水は湯のように熱かったが、ああ、旨い！　と思わず声が出て再び手先を蛇口にもって行った時、目の下に四つか五つ、黒く焦げた石ころが積んであるのに気がついた。

やっと人心地のついた目を上げてあたりを見廻すと、ところどころ、水の出ているあたりには、同じような石や瓦のカケラがケルンのように積み上げてあるのが目についた。

ハッと、気がついた——。

これは、焼けただれ水を求めて死んで行った人たちを想って誰かが積んだものではあるまいか……

牛馬の残骸かとみたものもそうではなくて、応急の措置としてやっと集めてそこに寄せてある炭化した犠牲者たちの骸の山ではないのか……

果たしてそうか、どうか、慄然とただ突っ立ったままであったが、反射的に数日前そこから逃げて来た佐世保の隔離病棟に一度だけ見舞った国島のやつれた顔が浮かんだ。白い蚊帳《かや》で覆われたベッドの上で高熱にあえぎながら、看護婦さんの手の吸い呑みの水を赤ん坊が母親の乳を吸うように飲み込んでいたが、しかしそれも一瞬の残像で、その場を逃げるように離れると、やっと少し残しておいた乾パンを一つ二つ惜しみつつ噛りながら、どこまで歩けば、また動いている列車に乗れるのか……そればかり思いつつ、焼け焦げている枕木を一つまた一つ跨いではまた跨ぎ、ただ歩き続けた。ここ「広島高校」に入っていた、「攻玉社支部」の氏森のこともなにも念頭になかった。

あったのは白い姉の顔、なんとか姉さんのところに帰りたい、帰れるだろうか……頭にあったのはただそれだけであった。

姉はその頃、渋谷のアパートを出て、東玉川の小さな借家に居た。妻と別れた相手の男と正式に結婚していたが、やせ衰えて、やっと家まで辿り着いた自分を見るやいなや、声をあげて泣いた。病弱の姉の衰えも尋常ではなかった。

四

学校は、十月に再開された。

そこに、二年生の姿はなかった。

長崎造船所に動員されていた上級生は、病欠の者や他数名を除いてほぼ全員が犠牲になっていた。

われわれ文甲一年のクラスの中にも、国島の姿はなかった。

敗戦の混乱のさなか、隔離病棟の蚊帳の中で死んだというのだ。

学校に戻った誰の胸にも沈痛の思いはあった筈だが、それを口にする者はなかった。彼の名は佐世保で受けたあれやこれやのいまわしさと結びついている。

しかし、初めて経験する寮の暮しの楽しさは、それらをすぐに忘れさせるに充分であった。

旧制高校は全寮制がたてまえで、何か事情のないかぎり三年間同じ釜のメシを食うことになっていた。

「報国寮」と変えさせられていた寮の名は、もとの「不知火寮《しらぬひ》」に戻った。そして、伝統の「自治」の復活だ。学生大会の決議は学校側も尊重して、干渉はしない。

不知火寮には、合わせて六つの建物があった。そのどの部屋も十二畳のたたみ敷で、六名がそこでともに暮らすのだ。

第一寮の自分の部屋には、山本愛三《やまもとあいぞう》、久保正典《くぼまさのり》がいた。ほかに、東成道《あずまじょうどう》、倉田昭夫《くらたあきお》、宋立義《そうりつぎ》。

東の顔は佐世保にはなかった。彼は一年前に入学していたのだが、結核で休学していたという。青い顔で、見るからに病身の、だが何ともおだやかな微笑で、久留米中学出身、田主丸《たぬしゅまる》という所にある浄土真宗の寺の次男だと名乗った。

久保は大分の中津中学の出身だと言った。

佐世保では別の部屋だったし、あそこではたがいの出身地や出身校の話などするひまもゆとりもなかったが、それでもつよく印象に残っているあけっぴろげの陽性の男だ。福沢諭吉は中津の出身でのうと、得意げに語ったが、家が何をしているのかは言わなかった。

それは山本も同じだった――。

諫早《いさはや》中学を出た、といっただけで、家のことは一切口にしなかったが、彼の父親は九州では名の通った説教者で、自分の寺はなかったが真宗の寺はみなその話を聞きたがると、東がことばを足したので、おぼろに育ちのことはわかったような気がしたが、どこか人を寄せつけぬようなところがありながら別に陰気というのではない、妙な魅力のある男だった。

二人につづいて、自分も攻玉社中学出身としか言わず、家のことなども口にしなかった。誰もそれ以上何も訊こうとはしないし、こちらも言うことなど何もない。家というようなものの持ち合わせはないし、人に語れるような生まれではない。

倉田は、小倉中学が母校で、家は歯医者をしていますと言った。

小倉、と聞いて、ハッとした。

母と一緒にあのままずっとあの寺にいたら、中学で倉田と一緒になっていたかも、と思いつつ、それよりも先に自分は生まれてこなかったかもしれないではないかと、人には語れぬおのれひとりの思いに沈んでいた。

宋は、長崎県五島列島の小さな島の出だと言った。それが佐高に入ったのは島始まって以来のことだというので、こっちへ渡って来る時は、村長以下、島の主だった者が総出で波止場まで送りに来てくれたと語った。

自慢げにではなく、素直にそれを喜んでいる人柄の良さが見てとれたが、子どものように小柄で、とても十七、八には見えんのう、と久保が質《ただ》すと、一寸黙った宋は、やがて意外なことを口にした。

人口の少ない島で、あととりの男子は格別貴重な存在で、男児が生まれたとなれば隣近所が総出で祝うのだが、その時、長男に限って一年以上も前に生まれたと届けを出す家があっても、誰もそのことを口外しないならわしがあると語った。

『なぜだ？』

と久保が訊くと、二十歳《はたち》の「徴兵検査」の時、身長や体重が標準より劣っていると「丙種不合格」になることがあったから、という。

『なんちゅうことか！』

久保の怒声が飛んだ。

――「甲種合格」は男子のホマレ、家の名誉と昔からよくそう言ったもんだ。腹ん中はともかくだ、みんな平等に担わにゃならん義務ちゅうもんのあることのわきまえは、誰でもみんな持っちょった、それをオマエンとこはなんちゅうことか！

宋は、親に叱られている子どものように、うつむいたままで黙っていた。

『もうよかじゃないか、昔の話じゃなかと――』

――それに、宋がそうだというわけでもなかろうが、という諧謔を交えた山本のことばに、

『すまん、すまん、ちょっときつく言い過ぎたかのう』

と久保も笑って、事は収まった。

短兵急で思ったことをすぐ口に出すが、なに、根はサッパリした男だと、彼に悪い感じは抱かずにすんだが、宋の方もこだわるようすもなく、六名の共同生活は、こうして始まった。

連日の学生大会でしばらくの間は授業はないに等しい状態が続いた。休講を、という自治会の申入れを、学校側は受け容れざるをえなかった。

文甲一年の国島の死が、あらためて問題になった。引率者であったM教授の責任追及の声があがったが、そう大きなことにならなかったのは、彼を置いて佐世保をあとにしたのは自分たちも同じだというううしろめたい思いが、誰の胸にもあったからだろう。

しかし、「戦犯教授」の糾弾は激しさを増すばかり――。

倫理学のT教授をはじめ、寮生にずっと以前から禊《みそぎ》を強いていたぞという先輩たちの証言によって、温厚にみえた英語のS教授その他何人もの教授が槍玉にあがった。

騒然たる学校の中で、「諸君、自重されよ」と言ったドイツ語のF教授は別格の存在で、あの時の、やがて迎える「重大な局面……」が敗戦の予告であったことを誰もが想い起して、教授への敬意を深めたのだった。

だが、先生の最初の授業がどんな面白い前置きで始まるのだろうかと期待していたわれわれの思惑は、美事にはずれた。

教授はニコリともせずに、口火を切った。

こうして友と一緒に教室に居たかったであろう大ぜいの学生たちの顔が、目の前に浮かびます。彼らに代って今日から学ぶ君たちは、佐賀高等学校創まって以来の最低の学力の持主であるということを、忘れずに――。

浮き浮きしていた教室の空気は、水を打ったように静まり返った。

先生は、初めの短いことばを終えるとすぐに、ガリ版刷りのワラ半紙のようなものを配布した。手造りの教材によるドイツ語文法の授業はごくわずかの回数で終わり、すぐ小説の訳読に入った。

これも毎回、手刷りの教材の何枚かで、それは、シュトルムの『湖畔《イムメンゼー》』というのであった。それぞれ、中学三年の時から工場などで働いてきた「最低の学力」の持ち主たちにとって、ところどころかすれていて読みにくい独文は、初めて接する好奇心も手伝って極めて新鮮なものだったと……そんな感想を口にする者が多かった中で、自分はすぐについて行けなくなってしまった。辛抱して外国語を学ぶという姿勢が身についていなかった。

その代りというか、新任のS教授の『源氏物語』の授業には欠かさず出た。

いずれの御時《おんとき》にか、女御《にょうご》、更衣《こうい》あまたさぶらひたまひけるなかに、いとやむごとなき際《きわ》にはあらぬが、すぐれて時めきたまふありけり。はじめより我はと思ひ上がりたまへる御かたがた、めざましきものにおとしめ嫉《そね》みたまふ。

ああ、戦争が終わったんだなあ……平和っていいもんだ――。

そんな思いも胸に湧いていた。

六寮の夜は暗かった――。
電力不足で、各部屋に二灯の裸電球は一定の間隔で消えた。その暗闇の中でも、議論は続いていた。

「天皇制廃止!」

「軍国主義撤廃!」

「平和国家」や「文化国家」という目新しいことばが飛びかったが、誰かが「国家」とは何か……と問いを発するかと思えば、話はすぐまた「文化」の定義をめぐる方向に転じて果てもなく、「最低の学力」の持主たちの議論は紛糾するばかり――文字通り闇雲の議論はたわいのないものであった。


それが一度、変なかたちで妙にもつれたことがあった。

他の寮のヤツらはどんな議論をやっちょるんかのう、のぞいてみんか……という久保の誘いに乗って、二人で出かけたことがあった。

そこでも大体同じようなことを論じあっていたらしいが、「天皇制廃止」論が天皇の戦争責任論とからんで厄介なことになっていた。

「勤皇学生連盟・攻玉社支部」の尾をまだ引いていた自分は、「天皇制」も「責任論」もすぐに結論の出るような問題じゃあるまいという趣旨のことを口にして割って入った。久保もすぐに同調して、そうじゃろうが……と語気を強めたのが反発を招いたのか、われわれは、反論というより激しい非難をあびて、その場に居たたまれなくなってしまった。

どの部屋もどこでも大体そんな議論ばかりしていたようだが、さすがに倦きてくると、「やろか……」と誰かが言い出す。すぐにストーム（嵐）が始まる。

手に手に長柄のホウキや棒切れなどを掴み、上半身裸の褌姿で部屋を飛びだすと自分らの寮のみか他寮までの廊下板を踏みならし、議論に余念のない各部屋の入口の板戸や窓まで激しく叩いて廻る高校名物のストームだ。当然返礼もあって、熱叫した者たちを先頭に寮の庭先に飛び出すと、積み上げた木々の切れ端に火を放ち大太鼓を打ち鳴らし、燃えあがった炎の廻りを蛮声を張り上げ寮歌をうたいながら巡りにめぐるファイア・ストームに持て余している若いエネルギーを発散させる日々であった。

南に遠く振古より
ゆえ知らぬ火の熾《おこ》りたち
あけくれ若き血に煮ゆる
男《お》の子の鴻図《こうと》うながせば
健児つどえるこの野辺を
人あがめたり「火の国」と

ああ青春よ我にまた
胸に燃え立つ火のありて
ゆくてはるけき人の世の
旅のしるべを求めてぞ
伝えも奇《く》しき不知火《しらぬひ》を
名に負う寮にこもりたり

宴《うたげ》の園に散る花は
又来ん春は咲くとても
三とせの春の過ぎゆかば
候鳥《こうちょう》の身の君と我れ
火の翼もてかけりゆく
空のかなたを思わずや

山本愛三は、揚心流柔術三段という剛の者であった。スポーツ化した柔道とは違ってあくまでも武術としての柔術よと言っていたが、その言を裏づけるようなことをやっていた。

質素を宗とした佐賀の町でにぎやかな所といえばたった一カ所、佐嘉神社の周辺ぐらいで映画館もあったが一館だけ、そこで「未完成交響楽」という映画を見たのが、戦後はじめて見た洋画だ。大坪書店というかなり大きな本屋が一軒、居酒屋やバーらしき構えの店も数店並んでいた。

繁華街というにはほど遠いが、それでもおきまりの「地まわり」や「ヤクザ」が店をまわって、「用心棒代」をせしめていた。

山本は、夜になるとそのあたりに出向いて、見つけ次第彼らを地面に叩きつけていたらしい。

誰かに頼まれたのか、それともたんなる正義感からか、それは知らぬがいずれにしても、「柔術家」の面目躍如たるものがあった。

だが単なる武骨者というのではなかった。

窓辺に腰かけて、よくギターをひいていたが、「五木の子守唄」が好きらしくて、小声で歌っているのを何度も聞いた。

おどまカンジン　カンジン
盆から先やおらんと
盆がはよ来りゃ　はよ戻る

おどんが死んだちゅうて
誰《だ》が泣いちくりゅか
裏ん松山セミが泣こ

おどんが死んだときや

道端いけろ
通る人ごと花あげろ

花は何の花
つんつん椿
水は天からもらい水

剛毅に見えて内面の実は繊細という矛盾ともとれる性格、佐世保の時から好感を持っていたが、同室となって友情は急速に深まって行った。

自分を「丞相、丞相」と呼んで立ててくれたが、「丞相」とは昔中国で天子を助けた軍師・諸葛亮のことで、仇名としては面はゆいものがあった。下痢ばかりしている青瓢箪を病身だった「亮」になぞらえただけのことと思いたいのだが、実は不名誉な裏がある。

寮では誰もどこか運動部に所属する慣行があった。中学では剣道をやったが、占領下で柔道とともに禁止されていた。やむなく久保、山本のいるラグビー部に入ったもののこれがおよそ不似合で部で扱いに困ったのだろう、上級生の一言で「マネージャー」ということにされてしまった。

名ばかりで別に何の仕事もない。いつも皆の練習をただ見ているだけで面目ない次第であった。山本は「丞相！」と呼びかけることで、居場所のない自分の劣等感をやわらげてくれたのだ。

その山本が、背中から血を流して帰って来るという事件があった。夜の町でヤクザ者にいきなり背後から刺されたらしい。

『後傷《うしろきず》ばい、恥ずかしか――』

背中を見せずに笑っていたが、無理やり調べてみるとかなりの傷で、東がすぐに敷布を裂いて応急の包帯をしたが、寮に何か薬はないか、医者に見せるかと、部屋は大騒ぎになった。

あんなにならず者たちを痛めつけていれば、いつかはやられる。こうなることを待っていたかのような彼の顔を見ながら、自分はフト、山本は死にたいと思っているんじゃあるまいか……と思った。一時の感情なら、若い日の誰の胸にもおぼえがあろうが、それとは違う。何かもっと奥深い闇だ。

自分の心のどこかにも、そんな欲動の潜んでいるのを感じることがあったが、一度山本が、それを口にしたことがあった。

若い日の直感はしばしば狂うものだが、時には相手の奥底にとどく。それが山本との結びつきをさらに強くしたのかもしれない。

青春乱舞も数カ月が過ぎると、寮にも落ち着きが出て来た。

十二畳の共同生活にもルールらしきものが出来てきて、それぞれが自分用の小さな木の机に向かうようになっていた。

ただ、電気がすぐに消されるのに困った。おまけに食糧難で、暮れに近く、「食糧休暇」という臨時の措置がとられて、ほとんどの者が家に帰ったが、自分は寮に残ることにした。

切符の手配が大変だったし、帰ってもまたすぐ戻らなければならない。誰もいなくなった部屋で、せっせと姉にハガキを書いて過した。

悪筆を恥じていたから姉から返事をもらうことはなかったが、淋しそうな笑顔を思い浮かべながら、長い手紙になることもあった。

短い休みが終ると、初めての期末試験だった。ドイツ語は無論のこと、英語にも手を焼いたが、山本は、英語がすばらしくよくできた。

『そこんとこはバイ……』

と、われわれが解きあぐねているテキストのどんな箇所でも難なく訳してくれた。やはりよくできた東を別にすれば、久保と自分の頼みの綱の山本だった。

結果——自分は英語は「良」、ドイツ語もどうやら「可」だったが、久保のドイツ語は「不可」で困ったことになった。

「可」も「不可」もさしたる違いはないが、実は大違いであった。出席などでは縛らぬのが自由な高校だったが、その代り、不可が二つ以上あると文句なしに落第だと上級生から聞かされていた。

久保にはもうひとつ「不可」があったから、困ったことになった。残る手は「ビッテ」しかない、とこれも先輩の入れ知恵だ。

「ビッテ」というのは、担当の教授に頼んで評価を変えてもらうというのだが、これが簡単なことではないらしい。

久保に付いてF教授の官舎を訪ねた。

奥から出て来たF教授、ふだんとは別人のように恐縮し切って何も言えない久保に代って、何とかお考え直しいただけませんでしょうか……と頼み込んだ。

黙って聞いていた教授は、

『君たちの友情は、よくわかりました』

とだけ言って、奥へ入ってしまった。

二、三日たって、久保が教務課からの呼び出しに出向いて行くと、教授からつけまちがい、との届けがありましてということで、「不可」は「可」に変えられていた。彼は、「落第」の憂き目を見ずにすんだ。しかしこのあとすぐ、困った事態が別に起こった。

新年度の高校入試に先立って文部省は、旧陸軍士官学校・海軍兵学校の生徒たちの高校への入学許可数に一定の枠を設けるという方針を決めて、学校にも通達があったらしいということを久保がどこからか聞いて来た。

直ちに全寮大会を開き、事の真偽と是非をただすべきだと委員長に申入れ、その結果開催された大会で彼はいつもとは違った厳しい顔つきで熱弁をふるった。

問題の背景には、アメリカに対する国の遠慮や気づかいがある筈だ。何と卑屈なことか……陸士や海兵に進んだ者たちに何の罪があるのか、彼らは国の要請で軍の学校を選んだんだ。それぞれ、国のためという熱い心の持主たちじゃないか。そしていずれも秀才ぞろい、それを前もって合格者数を制限するとは何事か、入試成績の結果だけで合否の判定をするのが当然で、それを学校に申入れるべきじゃないか……。

自分も立って彼の意見に賛成したが、心の中に、「玉社」の先輩清田さんの顔があった。

緊急提案は、全員の挙手で採択された。

再び手を挙げて立った久保は、また驚くべき発言をした。

寮生の中に、大坪書店でマンビキをしていた者がいる。これこそ佐高の名折れ、不名誉な話だ。それが何寮の誰か、知っているが敢て言わない。本人自身の反省を強く求める——。

久保は、正論に湧いた場の雰囲気におされてのことで、告発というほどのことではなかったかもしれない。しかし、ことは進展した。

直ちに調査委員数名が選ばれ、書店におもむいて事実調査が行われた結果、これは彼の見誤りではないか、ということになった。誤解されたのでは、と名乗って出た者の言は、たまたま会計が立てこんでいたからちょっと外にタバコを買いに出たのが勘違いされたのだろうということだった。

先夜、久保と二人で議論の最中に割り込んで追い立てをくらわされたその寮の者たちの怒りは激しく、鉄拳制裁の要求が通った——

薄暗い庭先に立った久保に、何人かの拳が飛んだ。おざなりとみてとれるもの、上体が揺らぐような激しいものもあったが、久保はすぐに姿勢を正して制裁に身をさらしていた。

東が、声をあげた。

『もういいじゃないか……見まちがえは誰にもあろう、もうよせよ、よそうじゃないか』

翌日、久保は寮を出た——。

つづいて今度は、われらが事を起した。

部屋の明りがすぐ消されるのに、山本はもう我慢ならんという声で言った。

『モーランとこへ行く。彼んところに下宿させろと言いに行く——』

モーラン大尉は佐賀市に駐屯していたアメリカ占領軍の責任者であったが、県庁前の接収した彼の居館は、夜も道端まで明りがもれているのをみんな知っていた。

一緒に行くよと自分と東も、後につづいた。気は進まなかったが、山本一人を行かせるわけにはいかない。

モーランは不在だった。

出て来た夫人に、山本は達者な英語で、寮は真っ暗で勉強が出来ません。ついては、この広い家のどこか一間にわれらを置いていただけませんか、というようなことをしゃべった。

東は短髪だが、あとの二人は蓬髪で、ボロをまとった乞食同然の男たちの突然の申入れに顔青ざめた夫人は、怒りもあらわに、

『ノー!』

と一言、荒々しくバタンとドアを閉めて、それきりだった。

相手は「進駐軍」の責任者である。部屋など借りられるワケがない。それはわかっている。わかってはいるが、あの時山本に突然ムラムラと、占領者に対する怒りがこみ上げたのであろう。そういう衝動は、自分にもある。短い時間だったが、佐世保の駅頭や被災地広島で見た惨状が忘れられない。東にも同じような思いがあったのではないか。

翌日からすぐ面倒なことになった。

学校に対して、三名の者を県庁内にあるモーランの執務室に出頭させよという指令があったらしいが、校長は、その旨、寮の責任者に伝えるが、学校は寮の自治に干渉できないことになっていると返答したらしい。

しかし、それですむ筈がないことはわかっている。

山本が言った。

『寮を出よう。迷惑かけちゃすまんけん――』

われら三名は寮を出ることにした。

行く先は、赤松町鬼丸の久保の居る二階家――そこは昔から佐高生ばかりを置いている、古いがかなり部屋数はある下宿屋だった。

ほとんどが四畳半の一人部屋だが、東は空いていた六畳に入った。そこがいつとなく四人の溜り場になって行った。

四月――二年の新学期、われらは寮の出先のような下宿で前と変わらぬ生活を始めていたが、変ったといえば、勉強家でおとなしい倉田や宋への気遣いがいらなくなって、前より何でもぶちまけてダベリ合えるようになっていたことかもしれない。ほとんど東の部屋で、寝ころがっての話だった。

山本の話は面白かった。

――揚心流柔術の師範はこわかったよ。少し腕がたつようになるとな、誰でも人を投げ飛ばしてみたくなるものよ、手におえなくなるとそいつを道場のまん中に呼び出して、絞めてオトスとよ、しばらくしてからカツを入れて蘇生させるんさ、するとな、そいつはそれきりおとなしくなるんよ。

『生まれ変ったんだな、人間がさ』

という話にはみんな笑ったが、妙な真実味があった。

久保の家は軍人一家だったことが、ここで初めてわかった。

老父は退役の陸軍中尉だったがすぐ上の兄は陸軍少尉、長兄は陸軍大学出のエリート軍人で、もともと久保も陸士を志望したのだったが、長兄にオマエは佐高に行くがいい、一人ぐらいは生き残って家を守らんといかん、と言われて佐高に来た、と打ち明け話をした。

敗戦で一家は貧窮のどん底に突き落とされたが、小学校の先生の母親の給与で辛うじて食いつないできた、と言った。

母親は、音楽の才にも秀でた人らしい。佐嘉神社わきの喫茶店に一店だけピアノの置いてあるところがあったが、そこで即興的に弾いてみせてくれた久保の腕前はかなりのもので、彼の新しい一面を見たような気がした。

久保の話に身の上を語る気になって、姉のおかげでここへ来ることが出来たと告白したが、出生のことまでは口にしなかった。

そうか、そうかとうなずきながら聞いていた久保が、

『そうか、姉さんがオマエの育ての親じゃのう』

と、ポッンと言ったのが心に沁みた。
山本はここでも、家のことは全く語らなかった。
高名な人らしい父親との間に何か事情のあるらしいことぐらいは何となく察しがついていたが、それ以上訊きただすようなことではない。それぐらいの思いやりは誰にもあった。
寮では多くを語らなかった東も、さまざまなことを語った。一つか二つの歳上だが、病身も手伝ってか大変な読書家で、持って来ていた蔵書を、たがいはまわし読みして読み合った。
西田幾多郎『善の研究』
阿部次郎『三太郎の日記』
出隆『哲学以前』
倉田百三『出家とその弟子』
『出家とその弟子』は、誰もが何度も読んではそのたびに、感動を口にした。『哲学以前』は、書き出しが魅力的だった。「何とは何か。そこに淋しさがあり、迷いがある……」だったか、あとは迷路に踏み込んだようでよくわからなかった。
『三太郎の日記』は読んだものの、西田の本の「絶対矛盾的自己同一」など何のことか、まるでわからず、手を焼いた。

これらの本は、あの頃われらより一、二年上の高校生なら誰でも皆読んでいたものであるが、東がもっと打ち込んで読んでいた本は別にあって、著者への傾倒ぶりは並みのものではなかった。暁烏敏《あけがらすはや》という人だった。

暁烏は、明治十年に真宗・大谷派の小さな寺に生まれたが早く父を亡くし、母の手一つで育てられたという。青春時代は酒色に耽り賭博に溺れ、自分のような者は僧にはなれないと還俗を決意して東京に出た。外語大でロシア語を学んだのは、外交官になるつもりだったらしい。若い日に見知っていた尊敬する清沢満之《きよざわまんし》に還俗を止められ、その家にも置いてもらって僧にもどることになったのは、『歎異抄《たんにしょう》』の一句の支えであったという。

「善人なおもて往生を遂ぐ。いかにいわんや悪人をや。」

以後の彼は「悪人正機」をひたすら信じ、自分のような者でも救って下さる。罪悪も如来の恩寵なりと人びとに説くその極端な「恩寵主義」は、真宗の教えに背くものだという「異安心《いあんじん》」の非難を招き、遂には本山に提訴されたが、それでも屈しなかった。「暁烏という大馬鹿者が世に出でてよろずの人をさわがしにけり」という歌に当時の心境がうかがえようと東が言った。

——変った奴じゃな、と久保。

——俺んとこに、『火裡生蓮華』と書いた彼の額があると、珍しく山本が家の話をした。

『要するに彼は異端者だよ。ナミの僧ではない——』と、尊敬の念を顔に出して東が言った。

つられて自分も、中根環堂の名を口にした。

東は禅に興味を持ったらしい。

朝、まだ暗いうちに起きて、二人で禅寺に座りに行くことになった。

雨戸を何枚かあけて、薄暗い本堂に座っていると住職が起きてきて、ここでもまた『従容録』の提唱を受けた。

第二則　達磨《だるま》廓然《かくねん》

本則　挙ス梁ノ武帝問二達磨大師ニ一　如何カ是レ聖諦第一義《しょうたいだいいちぎ》

磨云廓然無聖

『かくねんむしょう！　ガランとしてなんにもない。なにもないぞ、あるがままのありつぶれじゃ』

環堂老師のあの本堂一杯に響き渡った声を、佐賀の寺でまた聴いていた。

第九則　南泉斬猫《なんせんざんみょう》

頌云両堂ノ雲水盡ク紛拏ス　王老師能ク驗ム二正邪ヲ一

利刀斬断シテ倶ニ亡ズレ像ヲ　千古令ム三人ヲシテ愛セ二作家ヲ一

趙州老有リ二生涯一　草鞋頭ニ戴テ較レリ二些些ニ一

異中來ヤ也還テ明鑒　只ダ箇ノ眞金不レ混セレ沙ニ

五

大正から昭和の初年ころにかけて少年期を過した人たちと、われわれ昭和の三、四年に生を受けた者との間には、わずか数年の差で、教養の点で大きなひらきがあるのではないか。隔絶というか、むしろ断絶に近い違いを感じることがある。

前者は、大正デモクラシーの余波を受け、マルクス主義に心ひかれ、ついで、「転向」の無残をくぐり、さらに「日本浪曼派」の体験を持つ者もいただろう。

自分たちには、そのいずれの経験もない。物ごころがついてからはずっと、「戦時中」であった。われらの世代の耳の底に沈んでいるのは、軍歌であり、流行歌であり、浪花節であり、「教育勅語」は耳にタコが出来ている。頭をたれて聞いて来た数々の「詔勅」――それらがたがいに共通の「教養」かもしれない。

「戦時」という時代の変化の速さ、激しさ、わずか一つか二つの歳のひらきで、身にまとっている教養はおどろくほどの相違をみせる。

詩人・中村稔氏の『私の昭和史』を読むことがあった。氏は昭和十四年に府立五中に入学したとあるから、自分よりわずか二歳の年長者であるが、教養の差には、画然たるものがある。

氏は、家の手伝いで井戸水をポンプで汲み上げる時にも、岩波文庫を手にしている。そして読んだのは、ヘルマン・ヘッセの『車輪の下』、『ペーター・カーメンチント』、ゴットフリート・ケラー『緑のハインリッヒ』、トーマス・マンの『トニオ・クレーゲル』等々で、中学三年の時

には、原久一郎訳でトルストイの『戦争と平和』を読了して、

「いまだに私は、『戦争と平和』を読まないままに死ぬ人は気の毒だと思っている」

とあって、そこまで面白く読んでいた本を思わず閉じてしまった。

自分は、いまだに読んでいない。

中学のころ、読んだ岩波文庫といえば、『葉隠』や『武道初心集』ほかに何冊か、この差の大きさに唖然としたが、背景には、世の移り変りの迅さの他に、育った家庭環境の違いのあることは言うまでもない。氏の家は、父上が裁判所の判事をしておられたこともあってか、『マルクス・エンゲルス全集』まであったようだが、自分が育ったところには、一冊の書物もなかった。

教養の差を世代論だけで片づけるのは問題があろうが、それでもわれらは、昭和の子のなかでも特殊な時期を過した存在であったと思う。山本、久保の二人と自分は、教養の点でも似たり寄ったりであったが、ひとつふたつ年上の東には一目おくところがあって、それがまた下宿に、上級生のいる寮の別室のような雰囲気を作っていた。

「ガンづけ」という、佐賀独特の穀ごとすりつぶした塩辛いカニを主菜に、日々の朝食は芋の入った一杯のオカユという貧しいものだったが、それも東の家まで栄養補給に出かけようという口実になった。よく田主丸の寺まで行った。充分ご馳走になった上に、帰りに母上が大きな水筒一杯

に入れて持たせて下さったどぶろくが、汽車の揺れで吹きだすような騒ぎもあった。

楽しい、充実した青春の日々だった——。


その下宿を去らなければならなくなったのは、母からとどいた一通の手紙である。

少し前から肺浸潤の疑いがあると医者に言われていた姉が、突然、かなりの喀血で、「絶対安静」を命じられて寝込んでいるという知らせだった。傍にいて、看病するのは自分しかいない。

迷うことはなかった。休学届を出してすぐ東京に戻ることにした。

昭和二十一年、二年生の二学期の秋もすでに闌《た》けていた。

『もう、戻っては来れんかもしれん……』

誰もが沈痛な顔になった。結核は、恐ろしい死病だった。


東京に発つ前日、町の写真館で一緒に写真をとろうや、という話になったのは、誰の胸にも本当にもう帰っては来んかもしれんなという思いがあったのだろう。

久保は、なに春になったらまた戻って来れる、と明るい声で言ったが、結核で苦しんだことがある東は、黙ってただうなずいていた。

『今日はおいの正装で来た』

山本は久留米絣に小倉の袴をつけていたが、腰には古びた手拭いを下げていた。自分は白線三本の正帽にマントを着て写った。同じく正装のつもりであった。

姉はどうして休学なんかしたのとなじったが、すぐ、東京郊外にあった「結核研究所附属病院」に連れて行った。

数日後、医師はレントゲン写真を診ながら、当分「絶対安静」をつづけること、栄養補給を怠らず、毎月一度診せに来ること、そうしてしばらく容子を見ることにしましょう、多分、急速な悪化は防げる、と言った。

その高橋医師は、レントゲン写真による診断と治療の権威者であることが判って、ここへ来てよかったと、思いつめていた心に光りがさした。

『姉さんよかったね……大丈夫だからね』

と帰りは林の中の駅までの道々、何度もそう語りかけていた。

姉はもういいから佐賀へ帰って、と、こちらも同じことばを繰り返していた。

そうはいかない。栄養補給という大仕事がある。自分の他に、誰がそれをやるんだ。

東京の食糧事情の悪さは、佐賀どころの話ではなかった。配給制度が実施されていて、三日に一度、隣組という七、八軒に一括して配られて来るものを総出で分配し合うのだが、その内容はひどいもので野菜にしても大根なら二分の一ずつぐらいに分けるのがやっとで、肉などのあろう筈がなく、魚というのはきまったように毎回「スケソウダラ」という味も素っ気も無い干物、それが二人で一枚という按配だった。

高橋先生に言われた「栄養補給」の出来るわけがない。米や野菜、卵などを求めて、たびたび近くの村々まで出かけて行った。

佐賀に帰ることはもうあきらめていた。

退学するしかない。しかし姉がなかなか承知しない。

迷っているうち、そうだ、東京には私立高校がいくつかある。ひょっとしたら転校が可能かも……と思いついた。

成城高校も成蹊高校も駄目だったが、残る一校に武蔵高校があった。どうしてもここへ、もうここしかないとかたい決心で、西武線の江古田駅近く、佐高とは違ってしゃれた建物の正門をくぐった。

教頭先生が会って下さった。

おだやかな表情だったが、言下に、そんな前例はありませんので、と断られてしまった。くい下がって重ねて歎願したが、教授会が認める筈がありません、と先生の表情は変らなかった。もう退くにひけない。二学年の途中からの転校を、というのではありません。来年の春まで待って、二年の初めからやり直しますからと、そうしなければならないこちらの事情もぶちまけて懇願すると、先生の表情がゆるんで、そこまでおっしゃるのなら、ともかく一度、教授会にはかってみましょうと折れて下さった。

やっと願いが届いた。前例のない転校の認可だった。

春まで待って、四月から武蔵高校に通うことになった。

県庁所在地なのに市電も走っていない。夏はハダシで町中を歩いている女学生を見かけることもあった佐賀市とは違って、東京は喧騒そのものだった。

わずか二年足らず前の東京は、連日連夜の空襲でいたるところ無残な焼け跡をさらしていたが、今はそんなところまでガムを噛みかみ米兵のジープが走り廻り、大通りに出れば、交叉した道路中央の高い台の上には長身のＭＰが突っ立ち、口にくわえた警笛を鋭く吹きならしながら、交通整理に当っていた。あざやかな手さばきに見とれて立って『すてきね』と叫んでいる街の女たちがうとましかった。ジープの後を追う子どもら、米兵が投げ与えるガムかチョコか、歓声を上げながら拾って廻っている姿が悲しかった。

佐賀では見たことのない光景、屈辱感に胸が塞がる思い。

変れば変る世のさまを、正面から見据えている作家がいた。

「半年のうちに世相は変った。醜《しこ》の御盾《みたて》といで立つ我は、大君のへにこそ死なめかえりみはせじ。若者達は花と散ったが、同じ彼等が生き残って闇屋となる」と書いたのは、当時、ベストセラーになった『堕落論』の坂口安吾である。だが、変ったのは世相であって、人間の人性は変りはしない。だから「人は正《まさ》しく堕ちる道を堕ちきることが必要なのだ。堕ちることによって、自分自身を発見しなければならない」と言っていた。

未熟な自分にそんな徹底した考えはなく、世も人もたった一日でまるで変り果ててしまったという当惑があっただけだったが、フト、清田先輩はどうしているだろうか、今の世をどう思っているのだろう……と思った。

彼が母校に戻って何か仕事をしているというウワサは聞いていた。教練の大下中尉が終戦の時割腹したという話も耳にしていた。

会いに行こう、会えばきっとまた何か教えてもらえるかもしれない、と、そんな気がして「玉社」を訪ねた。

清田さんは、「タコちゃん」の「学僕」になっていた。標本の整備や実験の準備をするアシスタントだが、「敵性語・英語」の名残か、まだ「学僕」などという言葉が残っていた。

先輩は別に嬉しそうな顔を見せなかった。大下中尉のことも知らないといっただけだったが、前と同じ調子で、しきりにニーチェを読めと言った。

彼は変っていなかった。堕ち切ってはいなかった。しかし、上級生の威厳というか、一種のカリスマ性のようなものは剥落していた。

少年にそんなもののある筈がない。時代が彼にまとわせた、あれは仮の衣裳だ。

彼はやっぱり、変ったのだ。

変らなかったのは「タコちゃん」である。あのままのスタイルで、独身にも変りはなかったが、程なく「玉社」をやめて、高尾山・薬王寺の堂守りになったという。

先生には、戦地におもむいたまま帰らなかった生徒たち誰彼の霊を弔う心づもりがあったのではないか。そして堂守りのままで生涯を閉じられたという。清田のその後のことは知らない。

それよりも、彼から別れぎわに聞いたことが忘れられない。「攻玉社支部」のなかまだった浅田は死んでいた。

佐賀の頃、松山高校に進んだ彼と一、二度文通したことはあったが、戦後の混乱でそれきりになっていた。結核だったらしいが、くわしいことは先輩も知らなかった。

「支部員」のなかまはすべて死んでしまった。惜しい者は早く世を去り、つまらない者だけが残った。

残って、武蔵高校への転校も許されたのだが、居心地はそういいものではなかった。

級友たちとは、まるで育ちが違うのだ。

彼らの父親の中には、東大文学部の言語学の教授もいれば法学部の民法の権威もいたし、政財界の著名人が何人もいた。

育ちが違えば身につけている雰囲気からして違うのか、どこかしっくりしないものがあったが、学力でも語学力の差はひどく、その時間になると屋上の青空の下で煙草を吸いながら、佐賀の友の顔を思い浮かべていた。

それでも、一人だけ毛色の変ったのがいた。履きものにしても太い鼻緒の下駄ばきで、冬はマントをはおるという自分と同じ旧制高校スタイルだったが、彼とても警察官僚のお偉方の子弟であることに変りはなかった。

彼と一度、新橋裏通りの怪しげな店に出かけて行ったことがあった。密売のドブロクに酔って二人でブラブラ歩いていたら、第一生命館の前にさしかかった。当時はそこが連合軍総司令部の本拠で、マッカーサー元帥の執務室があった。石段を何段か昇った所に、腰に拳銃をさしたMPが二人、見張りに立っていた。

その前を通り過ぎかけた時、自分の口から「マッカーサーのバカヤロウ……」ということばが出た。

叫んだのではなく思わず口をついて出た反抗のつぶやきだったのだが、声の調子かこちらの風態に何か異常なものを感じたのか、立番の一人が石段を降りて来るのが判った。

いかん、走ろう！　自分たちはカタコトカタコト夢中で駆け出したが、走りながら自分は、山本や東と「モーラン大尉」の家に押しかけた佐賀の日のことを、思い浮かべていた。

翌年が大学の入試で、東大の法学部に願書を出した。

六

試験は、今のやり方とは全く違っていた。文科系の中心は、国語、漢文、英語、日本史、世界史等であったが、それとても当今のごときこまごました知識の断片の有無を競うようなものではない。

英語は文字通りの長文解釈が主で、時間ぎれで終ってしまった。

世界史の入試に備える勉強は、坂口昂の『概観世界史潮』が必読の参考書といわれていて、これはまるで事典のようなぶ厚い本だったが、読むことは読んだ。

しかし出題の中心は、中世が「暗黒時代」であるとの説について、意見を述べよ、というようなものであったように記憶している。歴史的知識の断片の有無を験すのではなく、要するに、歴史的思考力が問われていたのだと思う。

国語のうち、現代文は記憶にないが、古文が芭蕉の「笈《おい》の小文《こぶみ》」からの出題であることは、文中の「つひに無能無芸にして、ただこの一筋につながる」を憶えていたから、これはいけると思ったのを憶えている。

だが、志望はとどかなかった。

翌年は文学部・国文学科に目標を変えた。

すでに新制大学が発足していて旧制のものはなくなっていたが、それに入れなかったいわゆる「白線浪人」がかなり残っていた。文部省は救済のために特例を設けて、三年間本郷に通学する旧制大学と同じ扱いのコースを別に置いたのだが、もう落ちの生じないようにと、志望欄には第二志望まで書かせておくという念の入れようだった。

昭和二十六年四月、新設された東京大学教育学部に入学した。○をつけておいた第二志望の学部への通学である。

ここでもしばらくはまた中学の時と同じように「異和感」をひきずっていたが、しかし程なくそれにも馴れた。

心のどこかにおのれを捨てているものがある。どうでもいいやと思っているいわば無意識の層があることは、折あるごとに幾度となく思い知らされてきた。それによってつまづきながら同時にまた救われもして、とにもかくにも生きて今に到っている。ニヒリズムというようなシャレタものではないが、それを心中に潜んでいる「死の欲動」などといっては、大げさなことになる。生まれては困る者だった身が持って生まれた、いわば生得の性分であろう。

大学でも二人のいい友人に恵まれた。一人は神山順一、もう一人は木下春雄、ともに社会教育を専攻に選んだ。

木下は新制東大の教養課程を了えて本郷で一緒になったが、川崎にあるセツルメントの活動家だった。

神山は「白線浪人」の救済組で、よく松本高校の話をしては懐かしんでいた。どこで身につけたか、ダンスがうまくて教えてくれると言ったが、乗らなかった。

女子大生と踊って見せてくれた姿は花があってよかったが、姉が自ら散らせた花を、自分が咲かせることはできない。「忍ぶ恋」ということすらなかったが、その代りに酒を呑むと、勝手なリクツは付けていた。

専攻主任の宮原誠一教授は、戦後日本社会教育研究の基本的骨格を創った人であるが、長身瀟洒で、人をひきつける、独特の魅力があった。助教授に碓井正久さん、「さん」というのは主任教授が紹介する時、君たちのお兄さんのような人だと思ってください、と言ったからだが、以後研究室でも教室でもいつも「さん」付けで親しんだ。

一高の学生だった頃は斎藤茂吉について学んだすぐれた歌人であることは、ずっと後になって知ったが、そんなことはおくびにも出さぬ碓井さんも、宮原教授と同じく精神のスマートな人だった。

教育行政学科の主任教授は宗像誠也先生、助教授の五十嵐顕さんは講義の中で、主任教授からアメリカの「ボード・オブ・エデュケーション（教育委員会）」をよく調べて下さらんかと言われましてね……と言っていたが、国家に従属していた戦前の教育行政の思惟様式から仕組までの一切を、根本から改める取組みが始まっていた。

いくつかの学科に分かれていた学校教育関係の講義の中で、勝田守一《しゅいち》教授と大田堯《たかし》助教授の教室は大勢の学生を集めていた。

勝田先生は京大・哲学科の出身だった。「皇道主義」の哲学や「ドイツ観念論」の枠組みの中に長く閉じ込められていた日本の教育学を根底から改めるという取組みは、先生あってその緒についたばかりであった。

大田先生はそれを、子どもに即し民俗に根ざしてというやり方で、方法を異にしつつも志は一つの努力を傾けておられたのだと思う。

宮原さんのM、宗像さんのM、それに勝田さんの名前のMを合わせて、これを「スリーエム」と称して世にひろめたのは、後に他大学から東大に移ったO助教授ではないか。勝田先生の名の守一《しゅいち》を「もりかず」と呼びかえてのことだが、そんな小才《こさい》のききそうな人だった。

そういう呼ばれかたは、三先生の誰も迷惑だったと思うが、教育学部の世評には高いものがあった。

国の再建を担う大きな役割への期待が、新しい学部に寄せられていた。

「戦争の放棄」を定めた画期的な「日本国憲法」と結んで制定された「教育基本法」は、前文で、憲法の理想の実現は根本において教育のちからにまつべきものであると謳っていたが、その「ちから」が教育の理論と実践の統合のうえに成り立つものであることを世に示したのは、小・中の教師たちの「実践記録」である。

無着成恭さんの『山びこ学校』（一九五一年）はその典型であった。

自分の家がこの貧困から抜け出すためには、土地を買い足すしか道はない。しかし農地が限られているこの村で、自分のところが立ち直ることは誰かを貧しさに突き落とすことにつながっているのではないか、それでいいのか……、一人の少年がおのれの内に抱いたこの問いは、経済再建への道を辿り始めていた日本の社会全体に通ずる問いでもあった。

大きな問いを育てる、教育の実践。そこに戦後社会の希望があった。

少年の作文は、戦前日本の東北地方の教師たちが寄りどころにしていた「生活綴方」の伝統に負うものであった。

国定教科書に準拠した画一的な教育に従うしかなかった戦前の教育体制の中で、心ある教師たちは、教科書のない作文に着目した。村の役場で「娘身売相談所」の札を掲げているところもあったほどの貧困にあえいでいた村々の現実と、親たちの暮し、その事実を見つめ、そこでどう生きるか、それを子どもたち一人ひとりに考えさせる「生活」綴方に拠る教育は、東北地方から、しだいに日本の各地にひろがって行った。

それを危惧した政府当局と検察は、生活綴方に拠る教育運動は、共産主義に根ざす人民戦線の造出をねらうものであると断じた。多くの教師たちが教壇を逐われ、投獄され、運動は壊滅した。

正しきものを有する種子の生育は已むことなしと言ったのは宮沢賢治だったか、それは戦後、『山びこ学校』をはじめとする全国各地の教育実践の内に再び芽ぶいた。

経済とモラルの結びつきという一人の少年の綴方が宿した「正しきもの」は、六〇年代の「所得倍増政策」によって吹き飛んでしまったが、それは国民大衆の圧倒的な支持あってのことで、戦後社会にあった希望は、経済の発展と引き替えに壊《つい》え去った。

政・財・官一致で推進してきた原発による経済発展にモラルの歯止めなどはもともと無く、その惨状は今、目の前にある。

宮原教授の講義は、しばしば休講になった。

発熱等、健康上の理由であったが、それは戦時中に悪化させたまま、まだ完治していない結核の後遺症によるものだった。

「悪化」は、生活綴方運動ともつながりのあった「教育科学研究会」の幹部としての投獄生活によるものである。

城戸幡太郎先生を会長とした「教育科学研究会」は、事実に根ざす教育の科学的研究を志向する研究団体であったが、天皇制という特殊なイデオロギーに基づく戦前日本の教育体制のもとで、「科学的」ということそれ自体がすでに、反体制の色あいを帯びるものであった。会長以下、幹部の逮捕、投獄によって研究会は消滅させられた。

宮原先生たちが再建した戦後のそれは、「教育科学研究全国連絡協議会(略称・教科研)」と名を改め、戦前以上の全国的なひろがりと教育現場への影響力を強めつつあった。

会の機関誌『教育』は、戦前は「岩波書店」から出ていたが、戦後は、「国土社」が発行元に変った。

不勉強な学生であった。生活綴方のことも「教育科学研究会」のこともろくに知らず、『教育』も読んだことがなかった。ないままにアルバイトのわずかな金が入ると、正門前の「天神山」か、農学部前の「道草」で酒を呑んでいた。脇の坂をくだって、すぐのところにあった「火の車」は草野心平さんの店だったが、店に居たことがない。奥さんの「ヤマさん」の苦労話を聞いていたら、夜遅く顔を見せた詩人は泥酔、みやげのつもりか懐の菓子はグチャグチャで、「おなか、もなか」「お腹、最中」と韻をふんでいた。

三年間、何をしていたのか、卒業は早く来た。

昭和二十九年三月、東京大学教育学部を卒業した。

何になろうという目的意識も、特定の職業へのあこがれも持たぬ自分であったが、姉にすがって来た暮しの助けにならなければ、という思いだけはあった。

薄給に違いない教職への道は考えられない。「マスコミ」ということばが、華やかな色あいを帯びて登場していた時代である。そうだ、新聞社がいい、新聞記者になろうと決めた。

朝日。毎日。読売。三社のうちの一社だけが一次試験をパスして面接にこぎつけたが、あと一息と思ったものの、それまでだった。

発足したばかりの「民間放送」にも何社か足を運んだが、どこもみな大変な志望者で無駄足に終った。

困ったあげく、宮原先生に頼み込んで決まった先は教育出版の国土社だった。薄給だからと避けていたふり出しに突き返されたかたちだったが、来年また新聞社を受けようというつもりだった。

ところが先生から、『教育』の編集を担当してもらうつもりで、少くとも五年はやってほしい、と釘をさされてしまった。

さすがに思い屈した。不満を胸にしたままの出社だった。

七

実務についた最初の二、三号は、前の編集者だった社の人が手をとって教えてくれたが、あとはすべてまかされた。

教科研から常任委員の半数ぐらいが編集委員として出席する月一度の編集会議があったが、編集長は、勝田守一先生であった。

編集会議とはいっても、二時間ほどの間に、その号のすべてが決まるわけではない。いろいろ案は出る。出るが素案のままで、あとは編集部におまかせしようという編集長の一言で終るのがいつものことだった。

素案に手を入れ、原稿依頼をすませ、ゲラを見れば、その月の仕事はそれでおしまい、楽なもんだと、タカをくくって数カ月が過ぎた。

ある日出社すると、机の上に、宮原先生から一通のハガキがとどいていた。

速達であった――。

――巻頭論文の学問の「問」の字が全部「門」になっている。「ナサケナイ」という片假名が目に飛び込んで来た。

はずかしくて、顔に血ののぼるのがわかった。何という失敗か、もう社をやめよう、と思ったほどだ。「ナサケナイ」という言葉の後に添えられていた次の一行がなかったら、そうしていたかもしれない。

次の行も短く、こうあった。

「ますく冴えて見せて下さい」。

投げやりだった心の内に突然打ち込まれた一本の太い杭、からくもそれにつかまって社にとどまり、編集に取り組む姿勢が定まった。

素案に手を入れたものを持って、国電の「駒込」駅から歩いて十分ほど、勝田先生の自宅を訪ねて、これでよろしいでしょうかと相談するようになっていた。夜遅くなることもたびたびあったが、先生もお疲れだったろうにいつも真剣に応じて下さった。

「ビキニ環礁」におけるアメリカの水爆実験によって、日本の漁船「第五福竜丸」が放射能の灰をあびる事件があった頃だ。

あの日も夜遅くなって西ヶ原のお宅を訪ねた。

道々、歩きながらポケットの紙片に、思いついた詩のようなものを書きつけていた。

放射能の雨にうたれ
前髪を濡らしながら
まっすぐ前を向いて
歩いていた

通されたいつもの応接室で編集プランを見ていただいているうち、ポケットの紙片が気になって取り出したが、チラとのぞいてみただけで、握りつぶすと、隅の屑籠に投げ込んだ。

酒が出て、いい気になって何をしゃべったか、夜も更けて泊めていただくことになった。

あくる日——通された食堂のテーブル、二日酔いの自分の目の前に、キチンとシワを伸ばした昨夜の紙片が載せられていた。

起きて来た先生は、何を思ったのか、御自身の若い日のことを語り始めた。

——ぼくはね、若い頃は小説家になりたいと思ったこともあった。ダメでね、京大の哲学に進んだがそれも見込みがなくて、なったのは松本高校のドイツ語の教師だ。

戦後、一時、文部省に呼ばれて社会科などの調査をさせられていてね、そこで、調査課長をしていた宮原さんと知り合ったが、学習院大学に移った。宮原先生との縁で東大の教師になったが、僕は教育学は素人に等しい……

先生はそこで話をきったあと、卓上の紙片に手をのばして、言った。

『こういう断片を大事にしなきゃね。結局はその積み上げだよ』

と——。

帰りの道々思っていた。

自分は先生と違って文学青年であったことはないし、小説などもろくに読んでいない。のばした紙片を見て、先生は自分が文学に志のある者と勘違いをされたのか……それであんな話までして励まして下さったんだな……何になる気もないままでいては申しわけないが、だが一体、何を積み上げるのか――

教科研の発展はめざましかった。勝田委員長を扶ける事務局長に、早大教授・大槻健さん、実務担当に永藤百合子さんがいた。東大教育学部の教授が多く常任委員に名を連ね、事務局員の格で、山住正己君や堀尾輝久君の名もあったが、若手とはいえ、ともにすでに名を成していた。まだ大学院の学生だった頃の山住君とは原稿のことでしばしば通っていた教育学部の廊下でよく出合った。いつも重そうな黒い皮のカバンを下げていたが、あの中に新制東大第一号の博士号を受けた論文の史料が入っていたのだろうか。

若い日の堀尾君の御母堂にきつく叱られたことがあった。電話に出ると、あなたが「キタさん」か……息子がいつも「キタさん」と飲んだ、「キタさん」と飲んだと言ってますが、彼はいまだ修業中の身です。あまり呑まさんで下さい。

すでに名のある息子を「いまだ修業中」というお母さんをほほ笑ましく思ったが、同時に彼をうらやましく思ったものだ。

組織は、「サークル加盟」方式だったので全国各地の小・中にサークルが誕生して、それぞれ好みの教科研・研究部会に所属していた。

編集部にも一人新人が加わった。高橋隆三郎君である。学習院大学で勝田先生や久野収先生の教えを受けたあと東大の大学院を卒えたばかりの、おだやかな人柄の親切な人で、すぐ「北さん」「隆さん」と呼び合うようになった。組織の発展と編集体制の充実で、前より一層仕事に打ち込むようになっていたが、自分の貧しさは度を越していた。

姉たちは家主の都合でそれまで居た東玉川の借家に居られなくなって、母のところに転がり込んでいた。

母たちも並木橋の一間の部屋を出て、池上線・長原駅近くの二階家に住んでいたのだが、そこは戦争中に疎開したままの、井上の知人にあずけられた家であった。

程なく姉の連れ合いは急死し、ついで井上も病死して、われら三人の暮しになった。

姉はまた縁者の「カフェ」の手伝いに出たが、収入はわずかなものだった。それと自分の薄給に頼るしかない親子三人の暮し、母のやりくりは大変なものだったろうが、計数に暗く、そんなことが苦手な人だった。月々の支払いに困ると、金貸しの老婆から、月一割の高利の金を借りて来て支払うようなことをしていたが、利息の返済を怠ることはなかった。

義理がたいうえにお人好しで、食うや食わずの近所の貧しい家の二人の子に食べ物を運んで行ったりしていたが、親に頼まれればお金まで渡していた。それがみな高利で借りてくる金であった。

どうにもならぬ程、増えた借金、自分も計数に明るい人間ではない。それを心配していろいろ手をかしてくれたのは高橋君である。

学習院大学時代のさる有名教授の夫人から、無利子・無期限のかなりの金を借りて来てくれたこともあった。ボーナスが出ると、一部に過ぎないわずかなものを持って返済に伺うと、夫人はこころよく受けとって下さったあと、手厚いもてなしをして下さった。

あの頃の上流には品があった。

原稿依頼にかこつけて、下町の工業高校の時間講師をしたり、夜は夜で小学校の子どもの家庭教師をしたりしていたが、それらもみな「隆さん」の協力あってのことだった。

久野収先生にお目にかかったのは、自分にとって一つの事件であった。

「隆さん」の後について西武線・石神井のお宅に原稿のお願いに行った時のことだ。本で埋っているせまい部屋の本越しに顔をのぞかせて、先生は言った。

——ぼくはねえ、ペン一本で喰っている人間だ、忙しくて時間がない。わるいが一枚二百円の君のところの原稿を書いてるヒマがない。

卒直な物言いだったが、少しもイヤ味のないサバサバしたもので、そのあとは談論風発、何をしゃべっても面白い。冗談かと聞いていると雑誌『教育』は大事な雑誌だと言われて緊張したり、自分が社会教育の専攻だとわかると、旧友らしい中井正一の話をした。大学を逐われていた中井は、戦争が終るとすぐ図書館を使って「カント講義」を始めた。戦地から帰ったばかりの知に飢えている大学生にまじって学歴などがあるとは思われぬ労働者などの姿もあったが、中井は余計な配慮などは加えず全力を投じて講義をした。するとねえ、すごいじゃないか聞いてる者みんながわかった。本ものが本当の話をすれば誰にでも通じるんだ、これから社会教育がますます大事になるよ――。

帰りしなに玄関まで出て来られた先生が、

『口述筆記じゃいかんか……それなら頼まれたらなんでも引きうけるよ』

と言われた。

約束は守られた――。

久野収・鶴見俊輔・藤田省三編『現代日本の思想』をめぐる座談会を企画したことがあったが、

先生は鶴見さんをさそって出席して下さった。

出席者の一人の国分一太郎さんは、戦前・戦後を通じる「生活綴方」の指導者で鶴見さんに向って、この本で生活綴方を「プラグマティズム」と言われておまえは黙っていていいのかと責められています、と言った。生活綴方を「アメリカ帝国主義」の哲学と一緒にするとは何事かというのだろう。

微笑を浮かべての発言だったが、鶴見さんは黙ったままで何も言わなかった。

その時、記録をとっていた「テープ・レコーダー」のテープが切れて、あわてて付けかえようとした高橋君の手がすべって、大きな火鉢の鉄ビンをひっくり返してしまった。もうもうと立ち昇る灰をじっと見上げていた鶴見さんが、感にたえぬような声で言った。

『あ、これが「灰かぐら」か――』

「プラグマティズム」を見たと思った。

『教育』に載った久野先生の口述筆記『我々の立っている場所――原水爆と集団平和』も「隆さん」が先生の自宅で録音したものだが、メモの紙片を時々チラと見るだけで、あとは一気呵成、テープおこしをしてみると、それはそのまま文章になっていると、彼は驚いていた。

要旨はこうだ。

ソ連の水爆実験、「ビキニ」でやったアメリカの実験で日本に降る雨の中にも放射能が増えてきたという気象学者の報告がある。ジュネーヴで行なわれた「原子力の平和的利用」に関する討論、その他国際会議なども手伝って、もはや原水爆の時代は去って、人類は今、その平和的利用の時代の戸口に立っているかのような錯覚を与えているが、平和的利用の時代がおとずれたどころの話ではない。何としても「原水爆の時代」を本当に克服しなければならないが、それは「国民全体として考えなければならない重大な問題である」。

短い前置きが終って本題に入る。

われわれたがいがこの問題を考えるためには、まず、昨年の「ビキニ水爆実験」の内容をよく知ることが大事だ。それはＴＮＴ火薬一四〇〇万トンという予想を絶した爆発力だ。広島で瞬時にあれだけの人を殺した爆弾が今ではもうオモチャのようなもので、あれはＴＮＴ火薬二万トンにあたいするとみられていたが、昨年の実験に使った爆弾の威力はその大体七五〇倍から八五〇倍に達するのだ。

話はこれにつづいて「死の灰」をあびた第五福竜丸や久保山愛吉さんの身の上に及んで、問題が過去のことではないことが力説された。

原水爆の出現は、軍備による安全保障を通して平和を守るという考え方や立場の崩壊を意味している。軍備によって平和を守るという考え方が世界を支配していたからこそ、これまで世界に戦争が絶えなかった。アメリカが軍備を増強すればソ連もそうする。それは戦争を誘発する。一国が軍備によって国を守るという考え方をやめて他の国々との連合──つまり「集団安全保障」を求めても、ことがらの論理というものは変らない。

ところが、そのような自殺的集団安全保障をしきりに主張する人々がいる。しかし、たとえば、アメリカと同盟することで日本の安全を守るという考え方で一朝事ある時、わが国をどのような仕方で守るのかという事柄について全然ふれられていないのは不思議な現象だが、言わないのは言えないのであって、原水爆の戦争になった時、日本など守りようがない。守れるのは内ぶところの深い国で、ソ連とアメリカしかない。アメリカが日本に冷淡であるということではなくて、どうしても日本を第一線の防衛・攻撃基地としてしか考えられまい。

もし中国が日本に原子爆弾を落とすようなことがあれば、日本の原爆基地から中国に原爆が落とされよう。「死の灰」は成層圏に達する。支那海あたりのそこは東に向って風が吹いているから、「死の灰」はちょうど日本の上に落ちてくる。いずれにしてもわが国は浮かばれないが、日本を含む集団安全保障の構想からすれば、時間的には不定であるとしても、論理的には日本の自衛隊の海外派兵というようなことは必然的になってくると言わざるをえない。

つぎの問題は、日本として、それを避ける方法があるかどうかという問題です。ほかに方法があるか、どうか――私は、それはあると思います。

話は一度ここで終って、次の問題に移った。

そこで語られたことを、拙い筆でまた要約を試みるのは不可能に近いが、危険を承知でさらに短く骨子だけをしるせば――

かつてインドと中国、さらにはビルマやインドネシア等、さまざまな国の間で結ばれたことのあった「平和五原則」というものがある。

一、相互の主権と独立を尊重する。

二、相互の国を侵略しない。
三、相互の国は、それぞれ相手の国の内政に絶対に干渉しない。
四、相互に平等の立場に立って、互いの利益を計り合っていく。
五、相互のイデオロギーや社会組織あるいは世界観において、どのような違いがあろうとも、平和的に共存しよう。

もう一度、ここに立ち帰ってみよう。軍備によらない条約による集団安全保障の道だ。現状は国連による平和保障の機構が、武力による地域的集団安全保障によって麻痺している状態にある。これに正面から反抗して、まず下から変えて確実な平和地域を造り出して行く。そういう平和地域を拡大することによって、国連の平和への理想を下から地固めしていくという考え方は古いどころか、今、非常に新しい。

教育はそこで大事な役割をもつものだ。国際状勢をたんにあれこれ評価して、中で一番いいと思うところへ国や人間をはめ込んで行くのが教育ではない。「平和五原則」などが根本に持っている新しさ、本当のよさを、腹の底から認識できるような、そんな教育を行うことが一番大切なことだ。

そうでなければ、旧来の破滅の道が待っている。

一九五六年に二号にわたって『教育』に掲載されたこの口述の射程距離は遠く、矢は現在に達している。二時間近くの話が終った時、夫人が、お二人ともお疲れでしょう、ビールが少しありますがと、小声で訊いておられた。

『アホ、疲れたのはこっちだ。タダ原稿を書かされて、その上ウワバミにビールまで呑まれてたまるか』

先生は笑っていたが、当方は苦笑するばかりであったのを思い出す。

高橋君がこれを四百字詰の原稿用紙に直して、一枚二百円で計算した謝礼を持参した時、一度受け取ってサインした先生はすぐそれを君の相棒のあの「いがみの権太」に渡してくれと言われたそうだ。

歌舞伎の「義経千本桜」に顔を出すこの人物は、村のはぐれ者の小悪党だが、わずかに義を解して、最後に人を助けて命がけの親孝行をする。自分は床屋嫌いの蓬髪の髪形でまともではない。それらに仮託しての「いがみの権太」かと苦笑しつつ、先生のお気持ちに従った。

このしごとからすこし経って、高橋君は退職した。

本来の研究者への道を進むことにした彼と夜の更けるまで酒を呑んだ。市谷仲之町の家に帰って行く終電車を代々木駅のホームに立って見送っていたが、最後尾の車輛の赤い尾灯が遠ざかり、やがて目が滲んで見えなくなった。

それにしても、当時の自分の経済的窮状を、久野先生はどうしてご存知だったのか……あのO助教授からでも聞いておられたのか……彼は陰で自分のことを「教科研のガンだ」と言っていたらしい。出社時刻の遅れ等でいつも社長ともめごとを起していた。溜っている借金も酒のせいだぐらいに思っていたのだろう。

何かの折に先生から、あの「オチャッピイ」はどうしてる？　と訊かれたことがあった。それがO助教授と判って、ああ、あの人はもう教科研もやめてしまって、今は文部省などの受けも悪くはないようですと答えた。先生は別に何とも言われなかったが、印象からする相手の砕けた呼び方でさえ、的を射ている。

久野収先生はこわい人だ。

『教育』編集部に五年もいてよかった。先輩格になるが、いい酒のみの友人二人ともあの縁あって出会えた。

その一人は甲田寿彦といった。

熱海で社会教育の仕事をしていたのだが、地域の女性たちに書かせた「生活記録」がさる大旅館の人づかいのひどさにふれていたのがその経営者の怒りをかった。地域の大ボスの意向で、甲田は職を逐われた。それを宮原先生が国土社に迎えて、創刊準備中だった『月刊社会教育』の編集担当に据えたのだ。

編集能力も文学的な才もある人で、編集委員会が『揺るぎなき路線を求めて』と題した創刊号は、見事な出来栄えだった。

だがそれで、おとなしく一日社内に座っているような人物ではなかった。

午前中ぐらいで仕事をすますと午後まで待ちきれず、「北さん、行くか」と声をかけるともう二階の階段を降りていたが、すぐ後を追った。社の前に停めていたタクシーに飛び乗って、目指すは渋谷・道玄坂、裏通りの小店だ。自分のなじみの小母さんは、昼でも酒を出してくれた。

坂の途中でタクシーを降りて歩き出す甲田の足もとを見ると、スリッパのままのこともよくあった。「道路に死なん。これ天の命なり」という自分のひそかな愛用語は、忽ち彼も愛用するところとなって、そうつぶやきながら二人肩を組んでよく道玄坂を上った。

それもしかし、ながくは続かなかった。生まじめな社長とうまく行く筈がない。間もなくやめて静岡に帰って行ったが、図書館で働いているという便りがあった。

しかしそこでも、館内におとなしく座っているような男ではない。富士山麓の開拓者の村まで子どもの絵本や親たちが読みそうなものをブック・モビールに積みこんで届けて廻るような日々だったようだ。彼らと夜、生きたままのまむし酒を呑みかわしていると、手紙にあった。

先輩格の酒好きは、もう一人いた。

朝日新聞学芸部記者・櫛田克己と名乗った。

戦前の著名なマルクス主義経済学者・櫛田民蔵の息子で、母親は名の知られた婦人運動家・櫛田ふきさんだった。

「一処不住」の甲田さんとは逆に、こちらは「定住者」だった。早稲田大学を出て朝日に入社して以来、一度も本社の学芸部から動いたことがない。したがって身分も変らず、出世にも縁がないのをいささかも苦にしているようすはなかった。

雑誌『教育』に戦前から続いていた「教育情報」という大事な欄があって、有楽町の社まで彼にしばしば原稿の依頼をしに行くうち、親しい間柄になっていた。

彼の方からも、普通の書評欄では扱われぬ教育関係の双書や特殊な大冊を紹介する小さな欄への執筆を頼んでくるようになって、社内にある「アラスカ」という店で、昼間からビールを飲むようなこともしばしばあったが、その前に手渡していた書評原稿にざっと目を通したあと、彼が口にすることばは厳しいものがあった。

よく言っていたのは「完全文章」ということばだ。これじゃあダメだな、書き直してよ、と言われてはじめから書きかえたこともあった。

「完全文章」というのは櫛田の上司で、のちに「週刊朝日」の名編集長と謳われた扇谷正造氏に彼もよくそう言って叱られたことばだったらしい。櫛田さんは、それを自分の原稿に目を通す時の口癖にした。

そうして書いた朝日の原稿はごく短いものだったが、手にする稿料は相当なもので助かっていた。それもしかし、ながく続かなかった。

あの日も「アラスカ」でかなり呑んで、外に出た。

雨がひどく降っていた。

櫛田さんは、送って外まで出て来てくれていた。

白いしぶきをあげながら社の前の広い道路を突っ走って行く車ばかりで、着ているレインコートはずぶ濡れ、待っても待っても車はつかまらなかった。業《ごう》を煮やした自分は、やっと見つけた空車の前に、もろ手を上げて突っ走って行って停めた。

『バカ野郎！　何をするんだ！』

櫛田の怒声が聞こえた。

『バカ野郎とは何だ！』

『バカだからバカと言ったんだ！』

『何！』

――もう朝日なんかに原稿は書かんと言い捨てて車に乗り込んだ自分が口にした行く先は、川崎のセツルメント、木下春雄の居場所、彼はそこに二つか三つ歳うえの妻と二人で住み込んでいたが、相手を「ガー公」と呼んでいた。「ガー公」というのは、いつもガーガー小言《こごと》ばかり言ってうるさいんだと、木下がつけた仇名だが、片方は相手を「壮士」と呼んでいた。

長身の好男子は、確かにどこか壮気を漂わせていた。

翌朝かなり遅く、二日酔いの眼を覚《さ》ました時、「国民教育研究所」勤めの木下の姿はなく、自分の傍に座っていた「ガーちゃん」は、ニコリともせぬ厳しい顔で言った。

『北さん！　あんた、こんなことしてたら死んでしまうよ、本当に――見てこれを！』

ガーちゃんが持って来て目の前に置いたまだ半乾きのレインコートのポケットは、メチャメチャに砕けたウィスキーの小ビンのガラスで一杯だった。

ガーちゃんはあの時、本気で自分を叱ってくれたのだ。ただの小言ではなかった。

櫛田さんとは、その後も会ってよく酒も呑んだりしていたが、あれから後、原稿の依頼はなかった。

甲田は、図書館にもまたながくはいなかった。駿河湾をヘドロの海にした「大昭和製紙」相手のたたかいの中に、その姿はあった。

向う鉢巻をしめた多勢の漁師たちが、大会社に向って口々に、「元の海にして返せ！」と叫んでいる船の舳先《へさき》に腕組みをしたまま突っ立っているのを新聞で見た。

その夜遅く、彼から電話が入った。

『北さん、オラいま呑んでるだよ』

と言った。

海の浄化にひとまずカタがつくと甲田は、東南アジアのいくつかの村に出かけて行った。井戸を掘りに、である。

千葉まで何度も足を運んで、「上総掘り《かずさぼ》」というかの地の村の井戸掘りに適した手法を身につけていた。カンパを求めて知人に配った便りの中にそうあった。

一体、幾つの村を巡り、何本の井戸を掘ったのか、甲田さんは志士仁人であった。

昭和六十二年十一月二十六日、静岡の甲田夫人から知らせがとどいた。


十一月七日、午後十時五十八分、皆様のお励ましの甲斐もなく、夫・寿彦六十九歳をもって永眠いたしました。

夫は何の躊躇もなく捨て身という姿勢がとれる本能のようなものを、備えていたように思います。

バンコクのスラムへも、遥かなる辺土の小さな森の村への思いも、変ることなく一貫しておりました。一本の井戸を掘ることは、ただ単に物理的に井戸を構築することではない。互いの心に泉を掘るのだとよく申しておりました。

今、私の耳に、村長の汲み上げた水を呑み高々と天に向って、「アローエ」と言い放った夫の明るい声と、村人の歓声が聞こえてまいります。

……

甲田さんとも顔見知りだった櫛田さんの死は、この二年前のことだった。同じく夫人からの手紙で知った。

去る一月二日十一時、櫛田克己　脳内出血のため急逝いたしました。三日、家族のみで密葬をすませました。

父民蔵の全集と日記書簡集が、多くの方のご協力により完結いたしましたことをたいそうよろこんでおりました。

……

……

昭和六十年一月十一日

その前年の暮れもおしつまったある日、久しく会わなかった櫛田さんから突然電話があった。おたくの近くの「丸木美術館」まで来た。もう一度「原爆の図」を見ておきたいと思ってね……あとで一杯やろうか――。

かけつけて、河原で日の暮れるまで酌み交わしたあと、東上線の窓越しに握手して別れたとき、不意に涙が溢れて困った。

あの人の晩年も充実したものだった。

新聞記者としては、大佛次郎『天皇の世紀』担当の大任が、双肩にあった。回を重ねて「金城自壊」の終り近く、薩長の猛攻をよく防いだ越後長岡藩の家老・河井継之助は、敵の弾丸で左足膝下を負傷し、鮮血にまみれて倒れたあと一度は起ちあがったが、最早これまでと従者を呼んで「傷は軽いと言っておけよ」と命じたと、ここまで書いた大佛は櫛田を呼んで、『これで終りにします』と告げた。

二人は「アラスカ」で杯をかかげた。

すでに体調は限界に達している作家の多年にわたった労苦を振り返り、中断に終るその心中を察した櫛田は思わず涙をこぼした。

気がつくと大佛も目に涙を滲ませていたという。

退社後の櫛田は、父親・民蔵の著作集全五巻の刊行に力をそそぎ、完成にこぎつけた後は、尊敬していた大佛次郎を偲ぶ文章をいくつか書いた。

二人でよく飲んだ横浜の、作家が行きつけのバーの止まり木に足をのせてウィスキーを注文すると、店主が、『大佛さんの残したビンがあります』と勧めるのを断った櫛田は、こう書いている。
「先生の他に、これを飲む者はいない」
これは櫛田さんの「完全文章」であった。

八

五年という宮原先生との約束を果して、もう一度新聞記者にでもと「要項」をとりよせてみて、当惑した。応募資格の制限年令に達していたのだ。

どうにも身動きのとれぬ者を救って下さったのは、東洋大学の米林富男教授である。紹介してくれた知人から、社会学部の新設準備中だが、社会教育にも関心がある人だから、そう言って頼んだら、と言われていた。

先生は、初対面の相手に構想を包まず語って下さった。「社会学科」と「応用社会学科」の二学科構想ですが、「応用」の方はマスコミ、社会心理、図書館専攻の三コースに決まりました。しかし、ゆくゆく社会教育を加えて四コース、ということもありえます。出版社におられたんですからマスコミコースでどうですか、ぜひ「東洋」にいらっしゃいと言って下さった。

他に道はない。

ありがたいお勧めに従って、東洋大学、社会学部応用社会学科（マスコミ専攻）の専任講師になった。

一九六〇年四月である。

「安保反対」運動がまき起っていた。

激化の果て、遂に一人の女子学生が犠牲になった。東洋大学の学生はごくわずかだったが、新参の自分もどこかの隅に居た。


「社会教育」のコースはできなかった。

社会学もマスコミも勉強したことのない身が、黒板を背にしていることへの負い目は、年々つのるばかり。どこか他の大学に移れぬものかと思い悩んでいた。

しかしやがて、一教師の憂悶など消し飛んでしまうような事態になった。全国に燃え拡がった「大学紛争」である。理事者による学校の閉鎖と、鉄の扉を打ち破った学生自治会による反封鎖の果てもない繰り返しで、講義どころの話ではなくなってしまった。

どの学部でも、学生が要求する「大衆団交」の矢面《おもて》に立たされて学部長のなり手がなくなってしまった。

ご自身が創った学部であることへの遠慮であろうか、ただの教授の一人でおられた米林先生が、とうとう学部長の席に着くことになった。

学生と討論し話し合うのがなぜ悪い、というのが先生のお考えで、社会学科の若手の教員の中には理解者が何人かいたが、団交にいつもつき添っていたのは、藤木三千人教授と自分の二人であった。

「団交」は学校が封鎖されている時は外に場所を探したが、小石川植物園を借りたこともあった。延々と続いている討論。答える立場ではない自分は時には全く別のことを考えていた。わずか十年前には「安保反対」を叫んで国会を包囲していた学生たちが、今は大学を包囲しているのは何故だろう。あの時は自分も国会のまわりの坐り込みの集団の中にいた。屈強な機動隊員たちによる「ゴボウ抜き」が始まった。荒々しい手がつぎつぎに集団の輪を突き崩して行った。あの時、どこかから『気をつけろ！　ここは大学の教授団だ！』という声があがったのを思い出していた。

大学教授の特権意識は、紛争発端時の東大・医学部教授会の対応の仕方の中にも露呈していた。それと並んでさる巨大な私立大学の理事長がさらけ出して見せた利潤第一のいつわらざる本姿、それらが大学紛争の拡大を招いたことは事実だ。

だがそれだけが、全国の大学をまきこんだあの巨大な紛争の原因だとするのには、どこか釈然としないものがある。十年前の主題であった「安保闘争」が完全に消し飛んでしまったその背後には、権力の巨大な政治的狡知がひそんでいるのではないか……しかし、そうかどうかは今だに判らない。

学生たちの主張がすべて正しかったとは思わないが、「産学共同」批判の正しさは、今は福島という一つの地域で証明されているだけでなく、日本全体、あるいは現代科学技術のあり方そのものの歪みを衝いていたと思う。

学生には、若い人だけが持つ直観のようなものがあったのかもしれないが、自分があの時それを論理的に把握していた筈もない。ないどころか、ただいたずらに疲労していた。

疲れると酒に頼った。

藤木君と呑むところは大学の周辺、団交場所から直行していたが、どうかすると、機動隊に逐われて逃げて行く学生たちの足音や、警官の吹く鋭い笛の音が店の二階まで聞こえて来た。

戦塵のさなかという感じがした。

誠実に学生と対応していた米林先生は、病いに倒れた。一九六八年五月六日、誠実な人間が相ついで受難する厳しい時代だった。

自治会の旗の棹に弔旗を結んだ学生たちの葬儀への参加は、当時珍しいことであった。

勝田守一先生も亡くなられた。一九六九年七月三十一日、暑い日だった。まだ六十歳、胃ガンであった。

病のために教科研全国大会に出られなくなった先生は、参加者あてに短い文章をとどけた。

「魂《ソウル》において頑固であり、心《マインド》において柔軟、精神《スピリット》において活発でなければ、この現代の困難な状況を切り抜けることはできないように思われる」

「研究集会というもの」と題した一九六七年八月号の機関誌『教育』にあることばである。『歯をくいしばって書いたよ』と言っておられた。

先生が『教育』に書いた最後の文章は、「知識人としての教師の責任」（一九六八年五月号）である。「……自らには、最大限要求を、そして、他の人々との協力には、最低限綱領を、ということの慎重な思慮なしに、私たちは、ひとりひとりの責任を結集させることはできない」。

先生が教師と教育界に残された遺書というべきものであろうが、これは、現代にも通じている。

「教育学は素人だよ」と言っておられた先生の著作『能力と発達と学習』が出た時、対談された碩学、波多野完治先生は、戦前には篠原助市のものがあるくらいでしょうが、戦後はこれがありますと言われた。病苦をおして先生は、予定しておられた第二部の『政治と文化と教育』に向かったが、大著は遂に未完に終った。

宮原先生が亡くなったのはこの九年後のことである。一九七八年九月二十六日、六十九歳だった。

夫人が枕もとにこれが……と持ってこられた手帖に短歌が記されていた。

チューリップの芽の寸なるが
打ち並び
夕陽に染まれりひっそりとしたる

――これは橋田東声選の雑誌の短歌欄に載った先生の子どもの頃のものでしょうと、碓井さんが言った。

一年の後、宮原家の墓地の一隅に門下生一同の名で記念碑を、ということになって書いた石碑の裏面の文中に、この歌を入れた。そして、生と死のあわい、先生の意識のうちに少年の日の歌の蘇ることのあったのを、われらはひそかな慰めとしたいと記した（以下略）。
表に彫ったのは、『学校劇』という雑誌に見つけた先生の文中の詩のような一節である。

ごまかしのない
小さなものが
やがて
ごまかしのない大きなものを
生みだす
であろう

宮原誠一

神山順一と青山の「石勝」に碑の建立を頼みに行った帰途の道路は、メーデー集会の流れの労働者たちで埋っていたのを思い出した。政府の政策を牽制できる程の力を持っていた労働者たちの巨大な組織は消滅、労働者・農民の権益を擁護する政党は、政治力学の上からいえば無きに類し、戦後日本の政治的指針であり世界の指標ともなりうべき憲法第九条の空洞化など、あってはならないことが現実化してすでに昭和は遠く、世はただ悪くのみ成り行く。

念願だった社会教育を担当する大学に移れたのは、古くからの友人・岸本弘君の努力によるもので、勤務先の文学部の「教職課程」に「社会教育主事課程」が併設された。

あの時、嬉しさとともに、十六年在籍させてもらった東洋を黙って退ち去るうしろめたさも胸にあった。お世話をいただいた米林先生に報告してお許しをいただこうにも既に先生は亡く、お墓も都内ではなかった。

石川県にある野田山が加賀百万石の家臣団の墓地であることを、藤木君が知っていて、地理に暗い自分のために、はるばる加賀まで同行してくれた。

山の中腹とおぼしきあたりに、先生のお墓を見つけた。香を立て、頭を垂れておわびをした。

やっとこれでと、明治大学の教師になった。

既に四十七歳、遅い再出発であった。

迷いながら書いた二、三の本はすべて、久野先生に送っていたが、何の返書もなかった。

ある日、一枚のハガキがとどいた。

いつも御本を頂戴しながら書評もせず、お詫びのコトバもありません。教育学界で中井正一、勝田守一、宮原誠一の線を社会教育の側面で生かしすすめていられる学兄の研究線のたしかさについて、改めて尊敬を深くします。

ご健勝を祈ります。

今も机の前に貼ってある。

学会にも出ず一人で歩いてきた晩学の身の、これが唯一の支えであり、鞭であった。

久野先生に「ウワバミ」と言われたが、あの頃から池袋にある泡盛の店「おもろ」によく通っていた。あそこでは酒よりも話を聴きたい人がいた。お茶の水女子大学の周郷博先生である。編集委員を続けていた雑誌『教育』にお願いした原稿のことが、親しくなるキッカケだった。あれは、「人間の孤独について」というエッセイのお願いだった。

孤独でなければ何事も成し得まい。あらゆる創造の根底には孤独がある。それは宗教にも通じているのではないか。人間にとってかけがえのない善は、孤独ではあるまいかなどと、どこかで聞いたような思いつきを、先生は黙って、聞いていて下さった。その後お会いするたびに、

――考えてるよ、あれ、でもとてもむつかしいんだと言われた。

原稿はなかなかいただけなかった。

そしてある日、速達がとどいた。一編の詩が同封されていた。

今日、東独の「裸で狼の群れのなかに」の試写を見てきた。夜、小雪が降って風が一時吹きあれていた。

その中にでてくるあの死の行進の中で、両親が死んでしまった一人の四歳ばかりの子をトランクのなかへもって収容所にはいってきたヤンコフスキー爺さん。その子をナチの暴力から守りとおして悪鬼のようなニセの権力に抗しついに自由をかち得た人びと……ぼくはベツレヘムの嬰児殺戮を思いうかべ、ヘロデ王の一味に通じる「悪」に抵抗したか弱き善――神のみこころに涙を流した。この詩では、ナチやヘロデ王ではなく「雪」。ブリューゲルが描いたベツレヘムの嬰児殺戮は、雪が降りしきるなかでのむごい殺戮だった。

どこかへ記事にだしてくれたらさいわいです。変り目にさしかかっている日本の希望をかけて――。

雪

夜
便所の小窓をあけて
私はそとをのぞいた。

小雪がちらちらして、
風が荒々しく吹いていた。
雪をうっすらとかぶった
たらの木の芽がみえた。
その稚いたらの木の芽は
凛とした誇りを
みせていた。

春……

雪の中の春。

大学教授でございといったおごりの全くみえぬ先生は、いつも小柄な体のテッペンに古びた登山帽のようなものをのっけた恰好で、「おもろ」のノレンをくぐって現れた。

せまい店の仕切られた左側が厨房、小太りのおばさんが一人、グツグツ煮え立つ肉豆腐の大鍋を脇に、いつもせわしく注文の「チャンプル」や「ミミガー」、「アシテビチ」などを作っていた。

それを右手の何卓もない客のテーブルまで運ぶ大柄の主人は絵描きだと聞いた。突き当りの小高いところは三畳ぐらいの畳敷きで、時どき沖縄舞踊が見られたが、いつも鋭く声援の指笛が鳴りひびいていた。

一杯のコップの泡盛を前に、ゆっくりタバコをくゆらして黙って座っている先生は、酒はほとんど呑まない。そうして待っている人がいたのだ。

それは、詩人の山之口貘さん——お二人は親友だった。いつ現われるかわからぬ友を待つ間に先生は、自分を相手にポツリポツリいろんなことを話して下さった。

『君ねえ、今、テイヤール・ド・シャルダンを読んでるんだけど、シャルダンはすごいね……』

初めて聞く名、無論、本など見たこともない。先生はおかまいなしに話を続ける。スッと貘さ

んが入ってくる。入ってくるなり、

『ああ、おばちゃん、キタダ君にも一杯ついで――』

いつもそうだった。あとはお二人の静かな話、そばに自分は黙って座っていた。


先生はよく大きな画帖をかかえていたが、あまり上手な絵ではない。何かの木や花のかたち、狛犬のようなもののデッサンを見せられたことがあった。今ねえ、動物園にヤマネコを描きに行ってきたんだ。両手をこう突っ張って人間なんか見くだしているような顔がいいと、手を突っ張ってみせた。自分のことを、「心の友」と言ってくださった先生――


上野動物園に山猫を見に行った。

「ちょうせんやまねこ」、「シベリヤおおやまねこ」の札のかかっている大きな鉄の檻に山猫の姿は見えず、生きものの臭いだけがあった。

沖縄舞踊に、いつも客席から指笛を送っていたのは貘さんだった。

そのたびに、藤木君らと「学術調査」にかこつけて一度渡ったことがあるまだ占領下の沖縄の、海の青さを思い出していた。美しい海辺のどこに行っても遊んでいたのは米兵ばかり、狂悪な鱶の背ビレの如きB52の尾翼を見た。「返還された」という沖縄に、貘さんは一度帰ったことがあったのではなかったか……しかし故郷の話を聞いたことはなかった。

しばらくその姿を見なかったが、ある日、詩友との別れの話をされた先生の目には涙が光っていた。『入院先の病院のベッドの上でぼくの手を握って貘さんがねえ……』と言いかけたまま、黙ってしまった。

『ぼくはねえ、詩人として鍛えた魂で生きてきたんだよ……』

これが親友に残した詩人の最後のことばだった。

それきり「おもろ」に、周郷先生の姿を見ることはなくなってしまった。


大学を退職した後の先生は、丹沢のどこか山の方に引き込んでしまったと聞いていたが、ある日思いがけなくまた「おもろ」でお目にかかることがあった。『やあ、君か――』と懐かしそうに、持っておられた包みの中から一冊の本を取り出すと、扉に「Happy encounter!（久しぶりに会えてうれしい！）」と書いて下さった。

『母と子の詩集』と題された新著を、あの日貘さんに見せたいような気になって、はるばる「おもろ」まで足を運ばれたのではないだろうか――。

自分とも詩を語りたいというお気持ちがあったのだろうか、出身の小学校から頼まれたという校歌の原稿を見せられたが、『どう？』と言われて、この「緑の風」というのは月並みではありませんか、と言った。

完成した作品は「恵みの風」になっていた。

臆面もなく、何ということを口にしたのか……「緑の風」で悪いことはなかった。

哲学者としての先生の理解ということになれば、自分の無理解は詩にまさるだろう。よく口にしておられた「テイヤール・ド・シャルダン」についても、自分はいまだによくわからない。解説などに助けられて、わずかに彼のイメージを思い描いてみるだけだ。

原始的な人類の祖先が、巨大な進化の過程を辿ってしだいに人間的なものになって行く「人間化」の段階を越えて、さらに「超人間化」へと、彼はその「進化的術語」の意味内容を拡げているというのだが、「超人間化」という希望に満ちた人類の未来などを思い描くことは出来ない。それどころか、「国家」という枠を越えられず、原爆の威嚇のもと、対立しあい殺しあいを続けている現状に、人類破滅の怖れさえ感じている。

自分はいまだ、先生に出会っていないのではないかと思うことがある。

ある日、一巻のテープがとどいた。

「亡くなった先生から、おとどけするように申しつかっておりました」と言葉が添えられていた。

先生が弾くオルガン、何の曲とも知らず耳を傾けていると、突然にわとりの啼き声が聞こえた。

明大の勤めもかなり古くなった頃、「お茶の水」でバッタリ久野先生に出会った。

二部の授業を終えて駅の方へ向っていると、神田の方から風呂敷包みをさげて坂を上って来る先生に気づいた。

思わず『先生!』と声が出た。

立止って、『やあ、珍らしい人に』と言われた先生が、包の中から出たばかりらしい岩波新書を一冊取り出してサインしてくださったあとのことばは、

『君、喰うてますか?』

というのだった。

一瞬、晩飯のことか? と思った。そうではない、生活が出来ているかということだ。

『明大の給与で何とかやっております』と答えると、すぐ話題が変った。

学習院をやめてから今は伊豆の奥に引っ込んでいる。ぜひ遊びに来ませんか……駅から電話をくれれば家内がすぐダットサンで「ダー!」と迎えに行く。ぼくは、海が近いから魚を釣って来て君の酒の肴をつくる、などと「久野節」で言われるのを聞きながら、昔、「ウワバミ」に酒ま

自らに厳しかったが孤高をよしとされたのではなかった。潮の満ちるような民間の抵抗精神の水位の高まりを、知恵の限りをつくし行動を通して準備され励まされたのであった。私は、先生が昨年の新聞紙上で「市民の哲学」の創造を説いておられたのを、深く心にとめている。

生活者・市民が見識を持たなければ、現代のこの閉塞状況を打ち破ることはできない。——見識とは専門家だけではなく万人が持つ過去の回想や、現在の認識、未来の展望を綜合した知識です。

民衆が「見識」をもつこと——それは、先生が生涯を通じて考えてこられた課題ではなかったか。民間教育運動への協力も、そこに根ざしていたに違いない。

私は、『教育』編集部というだけで信用していただいた。平和問題へのとりくみその他で多忙を極めておられた頃、口述筆記をとるために石神井の旧居に伺ったことがある。うず高く積み上げられた本の山に埋もれたまま、わずかなメモを片手に、一気呵成に語りつぐ諧謔を交えたわかりやすくしかも寸分の隙もない久野節が、恐ろしく懐かしい。国立公民館で活

九

大学の旧友、木下が逝き、神山が続いた。ともに、肺がんだった。

「あまり大酒を呑むなよ……」といつも注意してくれていた木下は、三つ歳下だったが、誕生日が同じ、その上府立四中出身と知って何かの縁と思うことがあった。

終りに近く、北さん、オレは「ニワトリ精神」でいくよと書いてよこした。いつか、鹿児島の方のことわざに「ジタバタするな、ニワトリゃハダシ」というのがあると佐高時代に聞いたよ、と言って二人で笑ったことがあったが、それを思い出したのだろう。

医者も驚く程の落ち着いた最後だったという。

出棺の日、棺にすがって「壮士！ 壮士！ 逝っちゃイヤだ逝っちゃイヤだ」と泣き叫んでいたガーちゃんの姿。

弟の死を拒む姉様のようで、いささかも見苦しくはなかった。

神山の最後も立派だった。

ＮＨＫの退職後は女子大の教授をしていたが、終りの近い頃、「四百字エッセイ」というのを思いついたよ。毎日一回ずつ書くことにすると言ってよこしたが、簡潔な良い文章がとどいた。最終回は「沖の干潟遥かなれども」と題をつけていた。『徒然草』に、沖の波は遥かに見えて、突然やってくるとあるのをとったよと言っていたが、「急にガタンと落ちた。いよいよ来たか。」と書き出していた。

身辺は寂しくなるばかり、師は亡く、友もない。

そこへ、文通も絶えていた佐高の旧友、久保から便りがとどいた。久しぶりにあのなかまで集まらんか、という誘いだった。

われらは大分県湯布院の旅館に集まった。

当日、「一番のお着きですよ」と案内された部屋の襖をあけると正面に久保が座っていた。

『おう！　早いのう、何年ぶりじゃ』

少し太って、頭はほとんど禿げていたが、ものの言いようは昔のままだ。

『姉さんは、元気か――』

『死んだよ……何もしてやれなかった』

久保は黙ってしまった。

次いで東が、続いて山本も到着して、全員そろった。東は昔に変らぬおだやかな表情だったが、さすがに頭はすでに半白、山本も頭は薄くなっていたが、自分の顔を見るなり言った。

『丞相、生きてたか――』

『うん、わさんもな――』

と、若い日のたがいの直感の内にあった懼《おそ》れがともに口をついて出た。

日が暮れて酒になって食事が出て、思い思いの話がはずみ出すと、座は佐賀・鬼丸の下宿に戻っていた。

久保は自衛隊に入って、北海道、新潟、熊本と転々、退職後は伊豆の別荘地開発会社で働いていた。

東は九大の経済学部を出ていた。ボウズが経済に進んだのは、例の有名なマルクス経済学の先生に憬れていたのさ、いつも大勢の取り巻きに囲まれているのを見ていて、イヤになった。学校を出てからしばらく保育の仕事をしていたが、よその寺をついで……と姓も変っていたが、久保は昔のままの名で呼び、誰も皆、それにならった。

自分は、教育学部を出たあと教育雑誌の編集を五年、その後、東洋大、明大で終りと言っていると久保が、日本の教育を悪くしたのは日教組と違うか、と言いかけたが、すぐ口をつぐんだ。昔の久保ならそれだけではすむまい。自分は日教組と何のかかわりもないのに、配慮したのか……苦労して久保も変ったなあと察していると、また会社の話をしだした。

仕事で川端康成先生の知遇を得てのう、書をもらった、「四望山海」というんじゃ。家宝にしてしまってあるが、オレが死ぬときは出して客たちに見せてやれと言ってある。それからな、わさんと「ビッテ」に行ったあのドイツ語の教授な、文法から勉強し直して鎌倉の自宅まで、『湖畔』の試験にでたとこの訳を持って行ったよ。そしたらな、「良」をつけてくれたぞと、佐高生の昔に変らぬ明るさだった。

山本は九大英文科を出たあと、長崎県下で高校教師をつづけて、最後は商業高校の校長よ、高校教師の柔道大会で何回か優勝したというのをうけて久保がそれじゃあ、わさんの例の柔術の先生のごつ、生徒のワルイ奴の首を絞めて何度がオトしたろ、と言うと、そんなことはせんさ、と笑っていた。

『おやじは死んだよ、鉄道自殺だった。警察官と一緒に線路に飛び散っていた骨や肉を拾っていたら涙が出た。はじめて彼のために泣いた』

と彼の口からこの時初めて、父親のことを聞いた。

しんみりした座の空気に、久保が言った。

『東よ、わさんは「暁烏敏」と同じように「色欲」に耽ったことがあるかや、あるまいのう』

『ああ……あるともあるとも。恋におちて、寺に戻らんことがあったよ』

その女《ひと》のことが、ずっと胸にあったという思いもかけぬ告白に、座は静まり返った。遠くから来たような月の光が庭を照らしていた。

『歌わんか……』

久保が寮歌「南に遠く」を歌い出した。山本が昔よく歌っていた「五木の子守唄」を、『あれを』という東の注文に、自分は「バタやん」の「大利根月夜」を歌った。「国じゃ妹が待つものを」というところが身にしみていた。

横になっても続けていたとりとめのない話にも尽きることはなかったが、あした、佐賀に行かんか、ということになって、やっと誰かが灯を消した。


佐賀大学の正面に菊葉の校章のある筈はなく、正面脇のかつての寮に向う通路の中ほどに、白線帽にマント姿の佐高生の記念の像が立っていた。その前に四人並んで通りがかりの学生に記念写真のシャッターを切ってもらったが、何かが違う。昔が返ってこない。記念碑の前でも町を歩きながらも、誰も皆、無言のままであった。

十

時が流れて、旧友三人ともまたいつとなく疎遠になっていた。

若い日に読んだ何かの本に「中年は風雪、老年の時如何」とあったが、それぞれが身の老いに追われていただろう。そしてそれぞれ、相ついで世を去った。

久保の死は、夫人からの便りで知った。

ガンが骨に転移して一カ月、頭もボンヤリした状態で会話も出来ず、亡くなる時はアッという間でした。

言われておりましたから、床の間に東さんに書いていただいて軸にしたてておりました六字の名号をかけ、胸許に、佐高の正帽をのせてやりましたとあった。

（二〇〇八年八月十一日没　行年・七十九）

菊月や南に遠く夢を見し

山本の死が、久保の一年前だったことを、連絡をとった夫人から知らされた。前立腺ガンを病んで六年余、入院先の病院で亡くなったが、知らせでかけつけた時、すでに意識はなかったという。

（二〇〇七年十月二十三日没　行年・七十八）

侘びすけよ水は天からもらい水

東の最後は、親交があったという僧の便りで知った。彼もまた前立腺ガンを患っていたらしいが、何度目かの入院先で肺炎をひきおこしたのがいけなかった。

先年の集いの折にも、あまり語らなかった反戦運動家としての一面を、くわしく知った。

それは、政府が「靖国神社法案」を国会に出した時に始まる。京都の本願寺が動こうとしない中で、自分の足もとから反対運動を始めようと、街中デモや演説、さらには断食を行ない、遂には心ある真宗の寺族やプロテスタントの信者との連合で「靖国訴訟」にふみ切っていた。

教団の上層部からきつい批判を受けたが、逆に文書をもって、その目覚めを促している。「異《い》安心《あんじん》」のとがめにもひるむところなく、若い日に傾倒した暁烏にも似た異端の姿勢を貫いて「浄土」に迎えられて行った。

度重なる転院でおのれのいるところがわからなくなっているようなようすもみられたというが、その少し前まではふと、寺で坐禅をくんだ自分との話をして懐かしんでおられました、とあった。

（二〇一二年五月二十八日没　行年・八十五）

「異安心」月千年の恋語り

十一

老いが深まる。

老朽の極みだが、彩《いろど》り一つないおのれの青春でも、佐賀の友を思えば心は華やぐ。わずか二年足らずだが、佐高時代があってよかった。

「佐高」を受けよとつよく勧めて下さったのは、「玉社」の増岡恒雄先生だ。急にお目にかかりたくなった。

先生も出席されるクラス会だが、例年の案内にも拘らず出たことはなかった。辛い思い出もからんでいる中学、親しかった友らは皆死んでいる。それでも、と、目黒の料亭に出かけて行った。

二列に分かれて坐っている老人が十二、三人、誰がだれとも判らなかったが、中程の座椅子におられた先生の姿はすぐ目に入った。

茶の背広の背がすっと伸びて、九十をとうに越しておられる筈のお歳には到底みえず、頭髪が白くなったほかは、昔に変らぬダンディぶり。先生の方もこちらが判ったらしく、手をあげて御自身の左の席を指さされた。

『御無沙汰で申し訳ありません……』

『来たか、とうとう――』

『玉社が懐かしくなりまして……』

『そうか、まあ、ゆっくり、何から話そう――』

それから立てつづけに伺った話は、耳を疑うようなことばかりであった。

——君のことはね、あの時願書を持ってこられた三戸先生からみんな聞かされていたよ、おうちのことも御姉さんのこともね。三戸さんは戦争が終ってすぐ「玉社」に来て国語を教えていたよ、免状がなくてもさしあたり代用教員ということで、あの頃は通ったもんだよ。不遇だったんだろうね、小学校でもね。迷惑がかかるといけないとでも思ったのかすぐやめてしまったが、どこか奥さんの故郷に行かれてそこで亡くなったらしい……君のことがずっと心にあったようで、行きたくもない中学なんてと、ちょっとおかしくなりかけていたのが、一高に入るということで立ち直ったようですと、そんな話もしておられたな。

話がちょっと途切れた時に、気になっていた「大下中尉」のことを尋ねてみたが、御存知なかった。

——一高といえばあの森さんは一高だってね。ぼくは酒呑みだから寮でよく「特配」のビールをご馳走になったものだが、あの人も君のことをよく話しておられたよ。ふつうの子とは少し違っているってね……

『森さんって?』

『知らなかったのか? 戦後、『月山』を書いて芥川賞をとった作家の森敦さんだよ。あの頃は女子寮の舎監をしておられた』

あの人がと驚いたが、先生は構わず、

――君もビールを呑んだっていうじゃないか、まさか呑むとは思わなかったと言っておられたがぐんぐん呑んでひっくり返ったってね、一高へ行きたいらしいという話をしたら、いいじゃないですかぜひ入れてやったら……ぼくは中退ですがねと、笑っておられたよ……

思いもかけぬ話の展開に引きずられて、気になっていた「内申書」のことを訊ねてみた。

――簡単なものですんださ、戦時中だもの、国・漢・歴史・英語は優、以下略、重視されてた「体力検定」が気になったが、さっきの「大下中尉」が教練の評価に「士官適」と書き込んであったのをそのまま入れたさ、時代が時代だから少しはモノを言ったかな、一高は無理だが、佐賀は何とかなる、と思っていたよ……

やっと来たひねくれ者へ語って聞かせる先生の溜っていたらしい話はこれ位で、あとはつぎに来る教え子たちの盃を受けておられた。

傍にずっと座ったままで、考えていた。

来てよかった……何もかも、初めて聞くことばかり――未熟な少年一人が育つのに、「玉社」だけでもこれだけの人の支えがあった。それも知らず、「つまらぬ命」などという思いに足をとられてみずから招いていた行路難のあれやこれや、甘えというか、何といえばいいか、内なるものの不熟、それを「生得の性分」などと思って来た。

不熟というより不埒であった。ここまで来てそれがわかったが、もうどうなるものでもない。あるがままだ。「あるがままのありつぶれ」で行くしかない。

時刻になって「じゃあ、来年また」と教え子の肩を支えにやっと起ちあがった先生を、全員で玄関まで送って出た。

式台に腰をおろして靴をはくその背は、折れたように曲っていた。

また来年お目にかかれるだろうか……そんな思いが、胸をよぎった。

先生の訃報が届いたのは、それからわずか数週間後のことであった。

二　胸中の橋

一

橋を渡って生きる——。

これまでに一体どれだけの橋を渡ってきたことか……待ちわびてただじっと立っているしかなかった橋もあれば、人恋しい思いを潜めていたものもある。それらは遠い記憶の中にともかくも影や形をとどめているのだが、無意識の層の底深く沈んでいるのか、なかなかはっきりと浮かんでこないものまで、まるで憑きもののように身に住みついて離れぬいくつかの橋がある。それらはみな母と子のいる橋である。

裁断橋は、ながくその一つであった。

この橋のことを知ったのは、保田與重郎のエッセイ『日本の橋』を読んでのことであるが、それまでに体験したことのないような一種異様な感動に、身の震えるような思いがしたのはいつの日のことか、いずれにしても過ぎ去った遠い昔の若い日のことだ。本もどこへやったか探しても見つからないのを図書館で借り出して久びさに再読してみたが、異様としか言いようのない胸に残る疼きは昔と少しも変ってはいなかった。

日本の橋と西洋のそれとの異《ちが》いを説き去り説き来る語りくちは晦渋で、時空を乗りこえてここかしこと渡り歩くのに着いて行くが理解の筋道が怪しくなるような気配もあって、一種独特の文体である。それでいて随所に、ハッと気づかされるような明快な断定が顔を出す。

たとえば――

「羅馬人の橋はまことに殿堂を平面化した建築の延長であった」と言う。対して言えば、日本の橋は、道の延長であった。「殊に貧弱な日本の橋も、ただそれがわれらの道の延長であるといふ抽象的意味でだけ深奥に救はれてゐる」と書く。そして――

日本の橋はそれぞれの生を生きる道の延長であると同時に、橋は「端」でもあって、それはその向うに遥かに伸びる彼岸に繋がるものであるという論の展開には、目を洗われる思いがした。

もっともこういう対比はただこれだけでは知的な興趣にとどまって、直ちに感動を誘われるようなことではないかもしれないが、文の終り近く、彼は突然、名古屋は熱田の精進川に架かっている橋の青銅の擬宝珠《ぎぼし》に刻まれた銘文の、たとえようもない美しさを語り始める。そこには、悲しい母と子二人の影が映っている。

てんしやう一八ねん二月一八日に、をたはらへの御ぢんほりおきん助と申、一八になりたる子をたたせてより、またふためともみざるかなしみのあまりに、いまこのはしをかける成、ははの身にはらくるいともなり、そくしんじゃうぶつし給へ、いつかんせいしゅんと、後のよの又のちまで、此かきつけを見る人は、念仏申給へや、世三年のくやう也

「かかる至醇と直截にあふれた文章は、近頃詩文の企て得ぬ本有のものにのみみちてゐる。は、の身には落涙ともなり、と読み下してくるとき、我ら若年無頼《ぶらい》のものさへ人間の孝心の発するところを察知し、古の聖人の永劫の感傷の悲しさを了解し得るやうで、さらに昔の吾子の俤《おもかげ》をうかべ「即身成仏し給へ」とつづけ、それが思至に激して「逸岩世俊と念仏申し給へや」と、「このかきつけを見る後の世の又後の世の人々」にまで、しかも果敢無《はかな》いゆきずり往来の人々に呼びかけた親心を思ふとき、その情愛の自然さが、私らの肺腑《はいふ》に徹して耐へがたいものがある」と、保

田與重郎は書いた。

これは、文人・保田の「人間」が吐いたことばに相違ないが、続けてまた言う。

「久しい昔より男子の心にはいのちをかけてゆく思ひがあった。名のないいくさゝへ、敗るる定命のもののために死すことさへ、一つの無情の悲願として、生命の太古より生きてゐたのであらう。人間の歴史を彩った男子のかなしい強さであった。さうして女のこころは朝の門出にうちしをれしのび泣きをつつむ美しさでよいのだ。やさしい女らしさこそすなほなままの女子の強さであらう。なげきを訴へる心の空《むな》しさを知る者のなほなげく心の美しさであった」。

ここには、これが書かれた昭和十年という時代が顔を出している。文の「人」を通して、「時代」がものを言っている。

「支那事変」の勃発は昭和十二年であったが、召集されて戦場へ赴く若者たちの中にはこの『日本の橋』その他、保田の本を携行する者がたくさんいたと聞いている。その美的ナショナリズムの底深い情念と散華の蠱惑《こわく》に多くの若者たちが随順して国家に命を捧げていったことは事実であって、戦後、彼が指弾を浴びて逼塞を余儀なくされたのは当然の成行であったが、同時に、「時代」に扼される人と文というものの危さを思うべきで、単に一文士を非難して済む問題ではない。事態は今日《こんにち》も、目に余るものがあるではないか——。

それはともかくとして――

堀尾金助の母のことを知ってからこのかた、いつかこの碑文を自分の目で読んでみたいと思ってきた。

果せないでいるうち、金助とその母のことをもっと詳しく記した本が地元の出版社（泰文堂）から出ていたことを知った。「堀尾遺跡顕彰会」発行『熱田裁断橋物語――金助とその母』（昭和四十五年）というのである。

これによると――

金助の母は、陣中で病没した子の冥福を祈って精進川に架かっていた傷みの激しい橋の修架を思い立って第一回の橋供養を行なったが、ながい歳月が過ぎ去っても悲運の子に対する思いは消えやらず、元和八（一六二二）年六月十八日、官の許しを得て第二回の改架にとりかかった。三十三回忌を翌年にひかえた年であったという。

それにしても、なぜ二回までもこの橋にこだわって修復を志したのであろうか――

本の中で山田秋衛氏は、「多分出陣の際金助母子や親類村人たちが、御供所を出立して宮宿に着き、熱田宮に武運長久を祈り、さらにかねて信仰する八劔社に詣でて東海道に出で、東行すること二、三丁ばかり、はじめての裁断橋の上で母は金助を見送り、ここで東西に袂を別った最後の場所であって、金助を思うにつけて終生忘れられぬ橋であったことと想像される」と述べている。

実は、金助の母は待ち望んでいたであろう第二回目の修復成った橋を見ることなく逝ってしまったのだというが、哀れが過ぎる。

橋は、東海道の改修等のことがあって現在は路側の姥堂地内に移され、旧時の約三分の一に縮小されたが、それに原物の擬宝珠が取付けられているということが判った。川も既に無い。愚かにも自分は、裁断橋が元のままの姿でずっと今も残っていると思っていたのである。

その擬宝珠であるが、名古屋市は昭和四十三年にこれを市の文化財に指定し、アクリル合成樹脂の被覆によって保護するとともに、全面的に金属性の柵を張って永久保存に耐えうるような手だてが講じてあるという。

行政の善意はそれとして分るが、三十余年の歳月も消し去ることが出来なかったほど強固な、だが同時にどこか魂《たま》も消え入らんばかりにあえかな母の悲しみは、これによって打ち固められ、消滅することなく永久にここに晒されることになったのではないか——

裁断橋に行ってみたいというわが多年の思いは、嘘のように消えてしまった。

二

渋谷が始発の東横線の次の駅に、昔は「並木橋」というのがあったが、名は近くにある橋にちなんだものであろう。

長さは三メートル程の幅も狭い石の橋で、下を流れているのは渋谷川である。

あの頃はまだ水量も豊かで、大雨でも降ろうものなら音を立てて流れる濁流が橋の上を洗うように押し流れて行き、明くる日は、ウナギがとれたと近所の大人たちが何人も川の渕まで降りて行くような騒ぎであった。


橋の傍の長屋の二階の四畳半に、小学校二年の自分は父と母の三人で暮していた。父とはいっても無縁の男である。

彼は無職のうえに酒ぐせが悪く、暴れ出すと手がつけられない。母は幾度も傷を負わされる始末――義父に対する恐れと憎しみで、自分は母のいない部屋に彼と一緒にいることには到底耐えられなかった。ナニワ節が好きで、ボロな蓄音器のネジをギイギイ巻きながら、いつも虎造や米《よね》若《わか》を聞いていた。

働きのない男に代って、母は何か仕事を見つけては働きづめにはたらいて日を送っていた。

本当に何でもした——。

「屑屋」と人からさげすまれるような目で見られていたような仕事でも何でも、しなければ三人が食べてはいかれぬ暮しだった。夕方、男が部屋にいたりすると、自分は並木橋のたもとに立ってそこでずっと、橋を渡って帰ってくる母を待っているのがいつものことであった。

子どもがはずかしい思いをせぬようにとの気づかいか、母はいつも身なりだけは見苦しくないように整えていた。ボロのリヤカーを曳いて一日外で働く仕事着は別にあったのだろうが、家に戻ってくる時は着替えていた。手にしっかり大きな風呂敷包みを握っていたが、あの中には、働き着と樫の木の柄に鉄の分銅が付いている商売道具の秤が入っていた筈である。

戻ってくる母は疲れも見せず、小柄な撫で肩に和服がよく似合って、子どもの目にもどことなく品があったが、待っても待っても姿が見えないような日もたびたびあった。仕事がその日の決められているあがり（ノルマ）に達しなかったのだろうか……秋の空には無数のと言ってよいような赤トンボが飛んでいて、やがてそれらが薄暗くなった空の彼方に消えて行ってしまっても、まだ母の帰って来ないような日もあった。

母は映画館の売子もしていた。

夕方、共同炊事場のカマドの前にしゃがみ込んで、いつ帰って来るかわからぬ男の晩めしの仕度をしておいてから夜の部のつとめに出たが、自分はいつも後について行った。

映画館は「永川館」といった。

あれはその頃出来たての「新興キネマ」という映画会社の専属館だったのではないか。浅香新八郎というのが看板の人気スターで、いつも彼の主演作品が上演されていたが、今もその中の「赤城しぐれ」というのは、スジはもとよりセリフから役者たちの表情までが、目をつぶれば浮かんでくる。

「御用」になった旅人が、「目明《めあか》し」の情けで、妹に預けているわが子に一目だけでもと会いに行く。

――おじチャン、どっかへ行っちゃうの?

――ああ、おじちゃんはしばらくすこし遠いところへ行かなくちゃならねぇ……坊は達者でいるんだぜ……。

空き席に坐って何度も何度も同じものを見ていたが、さすがに飽きてくると、売店の持主の老婆が休息するために敷いている二畳ばかりの畳の隅で眠っていた。

『和男、ホラ帰るよ、起きなさい——』

映画がハネてから夜遅く、母に手を引かれて帰りたくないところへ帰って行くのだが、並木橋を渡るたびに、もっとずっと以前そうして二人で渡った橋を渡っているような……何か不思議な思いに包まれながら、半分は眠ったまま手はしっかり母の手を握っていた。目が醒めると、橋は消えている……いつもそうだったのだが、夢の中の橋にハッキリした記憶はなにもなかった。

母とのそんな暮しにも、終りの時が来た。

自分の将来を案じた母のたっての頼みで、小学校五年の秋、年令が九つも違うたった一人の姉のところへ引きとられて行くことになった。

ランドセルを背負って泣きながら並木橋を渡ったが、以後、姉に育てられ、中学、高校と進むうちにいつか母は遠い人になってしまった。

三

小さな土橋が、下宿から二十分程先の学校へ通う道の途中の掘割に架かっていた。名などない。

幅は一メートル位だったか、長さも三メートルに満たない。あり合わせの木組みに土を盛って固めただけのもので、橋というより「保田」のいう「道」であった。近くの人たちにとっては生活上なくてはならぬもので、どこかが崩れるとすぐ何人かの人が集まって補修するという大切な生活道路であった。

学校というのは旧制・佐賀高等学校。一年は寮で暮したが二年の時にそこを出て下宿暮しをしていた。

文科や理科の学年が五、六名いたが、理科生の一人はそれを「空野橋」（そらんのはし）と呼んでいた。呼び名が珍らしいのでわけを訊くと、故郷の村里に同じような土橋があって、そういう名がついていると言った。

日が暮れて、一人息子の彼は淋しくなると空野橋のたもとに立って、すこし離れた野良から帰って来る母親を待っているのが常だったと、懐かしそうであった。
そうか……自分もそうだった。いつも並木橋の傍に立って母の帰りを待っていた。氷川館から夜遅く手を曳かれて帰って来た橋の上、並木橋とは違う橋を渡っているような気がしていたあの不思議な夢を思い出していた。橋は木の橋か石か……それは浮かんではこなかったが、それでもあれは確かに自分の胸の奥に架かっている橋であった。

空野橋を渡って一人でよく町へ出た。どこへ行こうかあてはなかったが、あてのない迷いの先にも自由があった。空野橋は、そこへ向う「道」だった。その中程に立ち止って朴歯の下駄を踏みならすと、橋の下で幽かに土砂のこぼれ落ちる音がして、身をかがめると手のとどきそうな近くに奇麗な水が流れていて、白いわずかな雲と、白線帽の十八の顔が映っていた。

四つか五つぐらいの男の子が一人、橋のたもとに立っているのをよく見かけることがあった。洗いに晒したような紺の絣の着物、細い足の先におもちゃのような草履をはいて立っている姿は古い物語の中の子どもの姿をまのあたりに見るようで、学校への行きに合うことがあるかと思えば帰りがけに出くわすこともあった。そして、その子に合わぬ日は、妙に落着かない気がするようになっていた。

(居た、居た。また……一体ここで何をしているのだろうか?)

橋を渡るわけではなく、そこで誰かを待ってでもいるような……だがただしばらくそうしているだけで、ふっと、居なくなる。一、二度声をかけてみたこともあったが、何も言わない。

その日は町へ出る気がしないまま、橋の手前の小さな民家が立ち並んでいる路地をあてもなく歩いていた。

並木橋の頃を思い出させるようなカマドの煙の臭い、コトコト俎板の音も聞こえていた。ガラス戸の破れに和紙を貼っただけの同じような家が何軒も続くなかに、「縫いもの致します」と書いた板切れが玄関先で風に揺れている家があった。

表札の下に、「出征兵士の家」と小さな木の札が貼ってあるのに目が止った。

不意にガラガラと戸が開いて、橋の上の子の顔がのぞいた。奥で何か言っている女の人の声がしたが、急いで前を通り過ぎた。いつも無表情に近い子の珍らしい泣き顔を見てしまった。「出征兵士の家」……ここがあの子の家か、父親はまだ還っていないのか?

新聞は毎日のように「復員兵士」に関する記事を載せていたし、町でも時どきよれよれの軍服に戦闘帽をかぶり大きな背嚢《はいのう》を背負った人の姿を見かけたが、疲れ切ったようなみすぼらしい敗残の帰国兵士に声をかけるような者はなかった。

子どものことが少しわかったような気がして前より親しみをおぼえたが、それはあの子の方も同じだったようで、橋の上でこちらを見る表情が以前と違ったのは、あの時チラと目が合ったせいかもしれない。そしてある日、突然、こう言ってよこした。

『あんしゃん、アラシモノウタばうとうてやらんね――』

え、何のことと訊き返すと、

『サコウセイ、アラシモノウタばうとうてやらんね――』と言った。

町の人たちは、佐賀高等学校を誇りにしていたようだ。旧制高校は、旧「帝国大学」に直結している学校だったから、「サコウセイ」は敬称に近い響きを帯びていた。

下宿の連中で同様の問いかけを受けたという者は何人もいた。

『寮歌を聞き違えたんと違うか？　わさんはいつも高歌放吟して歩くやろが……』

『いや、そげん歌はなかよ――』

『あれは、「スフィンクスの謎」たい』

「謎」は突然解けた――。

期末試験の近いある寒い日、気晴らしに町へ出ようかと友人三、四人でマントを風になびかせながら橋にさしかかると、あの子がしゃがんでいた。珍らしく母親も一緒だった。寒いからと、彼を連れて帰ろうとしているようすだったが、むずかっていたらしいあの子は顔をあげて自分に気がつくと「サコウセイ、アラシモノウタバ……」と言った。とりなすつもりで、自分はこう言ってやった。

『わさんが歌うとよかよ――』

つられてあの子は調子はずれの高い声で歌いだした。

アアナモ　アラシモ
ウウミコーエテ
ユクウガア　オートコノ
イキルウミーチ

「アラシモノウタ」は、戦中に大ヒットした松竹映画「愛染かつら」の主題歌ではないか――。

花も嵐も踏み越えて
行くが男の生きる道

あの頃、みんな知っていた歌にどうして誰も気がつかなかったのか……自分たちは、声をあげて笑った——。

母親は、チラとこちらを見上げたがすぐに目を伏せて、何か悪いものから子どもを守ろうとでもするかのようにしっかり小さな肩を抱きしめて、われわれの通り過ぎるのを待っていた。

黙して歩いた。

歩きながら心の内に、おのれへの不快感がこみ上げてくるのを押さえかねていた。悪意はなかった。なかったのだが心のどこかに、「サコウセイ」の驕りがなかったか……その自問自答を繰り返しつつ町へ出た。

あれ以来、子どもの姿は橋になかった。

『川に落ちると危なかよ。もう橋の上に行ったらいけん』、母親はそう言って子に諭《さと》したのだろうか……『また、サコウセイに嗤《わら》われるとよ……もう行ったらいけん——』。そう言って叱ったのかもしれぬ。

それからは、空野橋を渡る時、膝に乗せた幼い子をあやしながら、「花も嵐も踏み越えて……」と歌っていたのだろう父親の姿を想ってみることがあった。「召集令状」がとどいてからは、歌になおさら思いがこもっていただろう……その歌があの幼な子の心のうちに染みついていたか……そしていよいよ出征の朝、あの橋のところでもう一度子を高く抱いて別れたのかもしれない……空想はひろがる。おのれの軽はずみなことばが許せない。後悔の念が尾をひいたが、橋を渡って町へ出ればそれまでだった。

町で――あれは「天山」といったか。密《ひそ》かに造った濁り酒を出してくれる店を見つけていた。十八の未成年を『サコウセイだから……』と一人前に遇してくれた。半人前でも酒を呑めば一人前に酔った。その言い難い解放感の虜《とりこ》になって、心の中の後めたい思いを忘れた。

身から出たサビか、思いもよらぬ難路ばかりを辿ってそろそろ終りの近づいているのを感じる昨今、前途が希望に満ちていた佐高生の頃をしきりに思い出す。心を許した友らと過した楽しい日々だったがただ一つの苦い思い出は、空野橋の子のことだ。父親は戦争が終って無事に橋を渡って還ってこられたのだろうか……遠い昔のことだ、果して土橋が今もあのままのかたちであるかどうか、恐らく裁断橋と同じように姿を変えてしまって、水も流れてはいないかもしれない。

だが、何か悪いものの通り過ぎて行くのを待つように、しっかり子どもを抱きしめていたあの母親の背を憶えているかぎり、自分の土橋の崩れ去ってしまうことはない。今も橋の下には奇麗な水が流れている。

ただそれはもう、老醜を映すだけだ。

四

昭和二十九年の春、大学を出て勤めることになったのは国鉄目白駅からバスで十数分程先にあった教育出版社で、雑誌の編集が担当だった。

電話がまだ今のように普及していない頃だから、原稿の依頼、督促、受取り等すべてまず目白駅に出て、それから筆者宅を訪ねて廻る日々であったが、そのうちバスが駅に近い千歳橋を通過するたびに、少年が一人、いつも橋の中程に立っているのに気づいた。やがて、今日もまた彼がいるだろうかと窓の外に気を配るようになっていたあの頃——。

思い立って、本当に久しぶりに千歳橋を渡ってみた。

目白の駅から少し先の環状道路を跨いで架っている陸橋の全長は三十メートル位だろうか。渡りきると下の道路に降りて行く石段があり、それをはさんでもう一本の小さな橋がある。親橋と同じように銅のプレートがはめ込んであって、こちらは「千歳小橋」という。千歳橋はいわゆる親子橋である。

親橋の中程で青銅の柵に寄りかかって新宿副都心の方を望むと、環状道路に沿った銀杏並木がかすんで見えなくなるあたり、幾つも幾つもの高層ビルが聳え立ち、そのあたりから三列の車がびっしり切れ間もなく走ってきては次ぎつぎに橋の下に消えて行った。

震動が背中を走った——。

数台の大型バスの通過、気味が悪い程の橋の揺れだ。あの頃も時どきは大型バスが通っていたが、怖くはなかったのだろうか、あのどこかひ弱そうに見えた少年……あの子はいつもこうしてこのあたりに立っていた。

小学校の一年、せいぜい二年生ぐらいか、半ズボンのか細い足にズック靴をはいていたように思うが、橋の下から風が吹き上げて寒くはなかったのだろうか。まだ花冷えのすることもあった橋の上だ。

(学校に行かなくていいのか?)。

そんな疑問も湧かないではなかったが、それよりもいつも同じ姿勢でじっと新宿の方を見ているのはどうしてだろう……そのことの方が気になっていた。

（何を見ているんだろう……）。

昼の休みに、子どもの立っているあたりまで行ってみたことがあった。

まだ経済の「高度成長期」以前だったから、車は今のように多くはなかった。新宿の方から近づいて来る黒い点のようなものが少しずつふくらんできて、車の形や色もハッキリしてくるとあっという間に橋の下に吸い込まれてしまうが、目をあげてみても前方にはまっすぐ一本の道路が延びているだけで、次の車の影もない。

次の車の近づいて来るのを待っているのか……放心しているような子どもの背中が淋しそうにみえたが、佐賀の土橋の上に立っていたあの子の姿をここに重ねて見ている自分に気づいて、ハッとすることもあった。

じっと立っているだけの子どもの姿には、不思議な存在感がある。

それは、おとなにはないものだ——。

生きることは肺腑を汚すことだ。子どもが持っている無垢の、しかしいずれは喪失してしまうものへの何か言い難い思いを、われらは心のどこかに残しているのかもしれない。

夏になると少年は麦藁帽子をかぶった。

不似合なほど大きなかぶりものが、少年を一層淋しくみせた。しかし、彼がそこに立っているのは何かもうごく自然で、しごく当り前のようになっていた。

橋と一体だったあの子——。

ある日の夕暮れどき、家に帰るバスの窓に、いつもとは違う人の姿が入って来た。子どもの傍に、彼と同じようにホッソリした女の人が寄り添うように立っていた。

振り返って見た目に、女の人が首の回りに白い包帯を巻いているのが残った。

（母親だろうか？）。

その女《ひと》は、それからもう一度見かけた。

子橋の隅に二人でいるのが、わずかに見えた。小さな茂みのやや小高いあたりを指さしながら何かを読んでやっているようなそぶり……首にはやはり包帯があったが、仰向いて母親の指さす方を見上げている子どもの姿には甘えがあった。
(病気か何かで、ながく入院していた母親が帰って来たんだナ……)。
そんな想像を刺激するような、二人の姿だった。

子橋の茂みに小さな銅像のあることは前に気づいていたが、さして気にもとめなかったのを、また昼休みに行ってみた。
高さ二メートル程の御影石の台座の上の男の立像は、そう大きなものではない。ヘルメットをかぶり、手にしたシャベルを支えに胸を張ってななめ前方を凝視している人物の脇にもう一体、こちらはうずくまって、左手に握った鑿《のみ》にハンマーを振り上げている。

台座に、碑文がはめ込んであった。

故従四位勲四等來島良亮君ハ山口縣ノ人ナリ明治四十五年東京帝國大学ヲ卒業シ内務技師ニ任セラル利根川及雄物川ノ改修ニ功アリ秋田市会議員ニ擧ケラルコト二回昭和二年東京都土木部長ニ補セラレ居ルコト六カ年ヲ都市計画ノ諸事業河川港灣ノ改修府縣道ノ改良ニ致シ

業績顕著ナリ環状道路ノ如キモ亦君ノ勞苦ニ負フ所多シ……

銅像は、自分が立っているこの環状道路を掘削した人物の碑であった。日本各地を転々として道を拓き、橋を架けて歩いた男の生涯を思った。家族はどこに置いていたのか、子どもはなかったのだろうか……それにしてもあの女《ひと》は、なぜこの碑文をあんなに熱心に子どもに読んで聞かせていたのか……第一、あの少年に、この文章を理解することができたのかどうか……

(ひょっとしたらあの母と子は、銅像のどちらかの人と縁《ゆかり》があるのではあるまいか)。

突飛な空想に違いない。しかし、そう考えると、少年がまるでこの橋の付属物か何かのように見えたことや、母親が銅像を指さしながら碑文を読んで聞かせていたことも、何となく納得がいくような気がした。

『そうかも知れないわねぇ……きっとそうよ――』

知り合ってまだ間もない女《ひと》だったが、彼女も自分の一人合点に賛成してくれた。

『でも、ちょっと出来過ぎかしら？』

白い歯が笑っていた。

目白駅の近くの、行きつけの小さな居酒屋だった。

彼女は大抵、十時少し過ぎに駆けつけて来たが、いつもトリスの水割り一、二杯、一時間とは居なかった。

『朝が早いから……』

下町の小学校の教師をしていたが、夜間、週に二度、池袋にあるかなり名の通った新劇の劇団の、新人養成所に通っているのだという。

『大変だねぇ……』

『ううん、好きだから……それよりも、おやじさんがウルサクって――』

『えっ？』

『先生で満足してんの……昔気質《かたぎ》の職人だもの、小学校の先生ってエライのよ。それが何でまた河原乞食のマネなんかすんのかって……』

『――』

『古いのよねぇ――』

おやじさんのことはそれっきり、あとは専ら、指導してくれているまだ若いらしい演出家の話になった。

『Tさんっていうの。知ってる?』

『いや……』

『まだ無名かも知れないけど、才能はあるわね……厳しくってね、二、三回口で言って直んないと灰皿が飛んで来る――』

『灰皿が?』

『アルマイトのよ。ぶつけられたって大したことないわ。平気よ。でもどうかするとオデコにかすり傷の一つぐらいは出来るかな、なあんて、ウソ――』

「現代っ子のあれこれ」という特集号の企画に穴があいて、穴埋めに思いついた子どもの座談会「ぼくらの学校・わたしの先生」というのだった。

彼女の勤務校は下町の小学校。校区にはバラックのような家が立ち並んでいて、親たちの職業は工員が多く、都電やバスの運転手もいればダルマ船の船頭もいた。一目でずっと奥まで見渡せるような家の中では、大勢の子どもたちが折り重なって暮していた。

学校もそうだった。

教室も校庭も子どもたちで一杯、みんな元気に仲よく遊んでいた。

それが、道路をへだてた少し先の学校の子どもたちとはよく喧嘩になるのだという。女の子たちも加わって——。

『まるで、「たけくらべ」の世界ね……おかしいでしょ』

彼女はそう言って笑った。明るくて、きっといい先生だろうと思った。

『勉強、おもしろい?』

みんな、笑っているだけだ。

『先生、こわい?』

『こわいこわい——』

みんな、声をあげた。

『でも、叩いたりはしないよねぇ……』

『叩く、たたく――』

『えっ！　叩くの？』

『よっちゃんなんか、三回もぶたれた。』

『じゃあ、先生、嫌い？』

誰も手を上げないで、笑っている。

『好きなんだね……』

『好き好き――』

いっせいに手が挙がったが、よっちゃんは立ち上って手を振っている。横を見ると、ちょっと舌を出した女先生――。


それから時どき会うようになった。

土曜日の午後か、日曜の昼間、逢う場所は決まっていた。

『シラシゲ橋のたもとにいて――』

『えっ！　ああ、「白髭橋」ね……』

『そう、シラシゲ橋の傍に一本、焼け残った太い樹があるわ、あそこ――』

巨大なアーチが目に立つ橋のたもと、逢ったところで行くあてもなく、「ティールーム」なんてしゃれたところは、近くにはなかった。

土手の下を、ゆったりと隅田川が流れている。橋の中程まで並んで歩いて行って、川の流れを見ているだけでよかった。何艘も何艘も中型の舟が行く。両舷にタイヤのようなものを括りつけているかなり大型の船も来る。

『ああ、あれ……汚穢船――』

彼女は短くそう言った。

『……すこし歩こうか』

『そうする？』

歩くといえば、橋のすこし先の石浜神社の境内に決まっていた。数多い桜の古木はあの戦災にも焼け残って、『満開の時はそれは奇麗よ』と自慢していた。黒い溶岩石か何かの小さな祠があった。何本か、赤い幟旗がはためいていたと思う。

『母はこちらの方を熱心に拝んでいるの、お狐さまよ……』

母という人は、家の中のわずかな段差につまずいて転んだのがもとで体が不自由になって、今はほとんど寝たきりの状態だという。

『まだ、そんなトシじゃあなかったのに』

と、悔しそうにしていたが、すぐことばを足して、

『でも、父が丈夫で何から何まで面倒をみてくれるわ……それでお稽古にも行けるの。ありがたいわ――』

と言った。

父親はブリキ職人だと言っていたが、家庭のようすが少しずつわかってきても家がどこにあるのか、教えようとはしなかった。

『神社の裏あたりよ……』

笑ってごまかして、そう言ったきり――。

逢えば橋の上を歩くのに決まっていた。中程までが百二十歩ぐらいだったか、そこに並んで川の流れを見ているだけで、別に話があるわけでもないのはいつものことだったが、それでよかった。吹き上げてくる川風の冷たい時は、そろそろ戻ろうかと橋のたもとまで来ると、

『いま一ぺん――』

これ、おやじさんの口ぐせよと言っていたが、どちらからともなくそうなった。

目白で一人で呑んでいて、急に夜遅く車を飛ばして「シラシゲ橋」まで行ったことがあった。神社の裏あたり、薄暗い路地をコートの襟を立ててあてもなく歩いた。低い二階の障子に小さな明りがともっている家があった。口笛を吹きながら前を通った。

われは湖《うみ》の子
さすらいの……

「琵琶湖周航歌」――他校の寮歌だが、昔から好きだった。

『高校……三高だったの?』

しばらくして逢った時、そう訊かれた。

『灰皿を飛ばす先生ね……三高中退って言ってたわ』

えっと思ったが黙ってまた、橋の上を行きつ戻りつした。

突然だった――。

『……もう逢えないわ』

と、言われた。

『父が急死したの……心筋梗塞、あっという間だったわ』

父親に代って、これからずっと母の世話をしなければならない……演劇のお稽古にも行けそうもない。

『だから……もう来ないで――』

おもてを上げてキッパリそう言われれば、行くわけにはいかない。事情はこちらも同じだ。いずれは、母を引とって世話をしなければならぬ身――潮時だと肚を決めた。

だがその後、一度だけ橋の傍まで行ったことがあった。日曜の午後、もう日が暮れかけていた。神社の裏手の向うから、彼女の来るのが判った。母親を乗せている乳母車を押しながら橋の中程あたりまで行くと、そこで停った。毛布でくるんでいる母親の背に手をのせて、もう片方の手は川の先の方を指さしている。何を見ているのか……それは分らなかったが、母と娘《こ》と橋の一体のようすは見てとれた。

カタカタと一度こちらへ帰って来た車は、またすぐ中程へ戻って行った。

あれきり——白髭橋には行っていない。

最近、橋の特集を組んでいる写真雑誌のグラビアで、現在の橋のあたりの光景を見ることがあった。

土堤の向うには高速道路が走り、背後には高層の都営住宅が立ち並んでいる。あのあたりには、町工場の小さな明りが点《とも》っていただけだったが、すっかりさま変りしている。

本人の努力と多少の運のよさがあれば、人は何にでもなれた時代だったかもしれない。灰皿氏は後に民話劇の演出で名を成したが、彼女は憬れていた新劇の女優さんにはなれなかった。だが、下町育ちのあのおきゃんな女《ひと》は、それを母親のせいにはしなかっただろう。

こちらはウダツの上らぬ編集者稼業のまま、あと何年の辛抱かと毎日バスに揺られていたが、千歳橋に子どもの姿を見かけることはなくなっていた。

子どもはいつも、そうして消える——。

消えて心に残る。


西武線・中井駅の裏手に流れている妙正寺川、そこに石の橋が架っている。長さは十メートル、幅は三、四メートルぐらいだったか……主柱にはめ込まれた黒御影に「寺斉橋」、反対側には平仮名で「じさいばし」と彫ってあるのを記憶している。千歳橋を渡った帰りに、こちらに廻ってみる気になった。

濁った水の流れはあの頃とそう違わないものの、水量がかなり減っているように感じられた。ところどころに夏雲のような洗剤の泡が淀みを作っていて、そこに古自転車が一台投げ込まれたままになっているのが目にとまった。

こんな光景は見たことがなかった。濁ってはいても川はまだ川らしく、雨が降ると急に水量が増して勢いよく音を立てて流れる川を、このあたりの人たちは古めかしい名を使わず神田川と呼んでいたが、流れにもうあんな威勢がない。川も歳を取ったか——。

道路端に軒を連ねていた赤提灯もほとんど姿を消してしまったが、それでも目で追うと、一つ二つ、灯が入っているのが判った。

結婚すると家を出て、この近くの小さな家で十二、三年ほど暮した。妻の父親が昔住んでいた家を建て替えてくれたものだった。

妻が出産すると、寺斉橋を渡って母がせっせと通って来た。その頃は並木橋の家を出て、義父の知りあいに借りた池上線沿線の古い二階家で暮していたが、やがて彼が死ぬと一人でそこに居た。中井の家まで一時間以上もかかるところを毎日のように来ては、つるつる滑る初孫に産湯を使わせていた。

昔——世話をする者は誰もなく、全くの一人で子を生んで、産湯も自分で使わせていた遠い昔を想い起していただろうが、父親を知らぬ者が父になる自分の思いも、複雑なものがあった。

母を見ていると、どうしてもあの男のことが浮かんできてしまう。彼のために母と別れて暮すことになった当初は、酒に狂った義父の乱暴で、頭から血を流して逃げ惑う母の夢にうなされて夜半に目を醒ますようなことが何度もあった。母を置いて出て来ている自分がうしろめたくてなかなか寝つかれず、床の中でじっと目をあけていたこともあった。姉のところを出て母の許へ帰ろう……そう決心がつくとやっと眠ることが出来たのだったが、朝になると、そんな気持は崩れてしまっていた。

日が暮れて帰って行く母を送って寺斉橋を渡りながら、子どもの頃、夜遅く、こうして母と並木橋を渡りながら半醒半睡の中に浮かんでいた橋のことを思い出していたが、母には言わなかった。あの橋は何なのか……夢でも幻でもない、不思議な生々しさ——いつか小さな木の橋を想うようになっていた。


中井に住んでいた頃は出版社はやめて、私大で出版概論などを担当する講師になっていた。家を出る時刻は曜日によってまちまちであったが——。

ある朝、家を出て橋にさしかかると、向うから運動着姿の少年が一人、ツルハシをかついでやって来たが、首にタオルを巻きつけているのが大人っぽくて目についた。

彼は橋を渡るとすぐ、重そうなツルハシを振り上げて道端を掘り始めた。誰かから頼まれたちょっとした仕事かと思った。行動にはためらいがなく、あらかじめ決まっている手順にみえた。

何気なく立ち止まって見ていたが、少しようすがおかしい。ツルハシのようなものを振り上げる時、ふつうは誰でもまわりに気を配るようなそぶりを見せるものだが、彼はそんなことにはまるでお構いなくただ自分の足許だけを見つめて、そこをいわば無心に掘っている。

ガツン！

ガツン！

砕けたセメントの白いカケラがはじけて飛ぶ。

ガツン！

ガツン！と余念ない。

また、妙なことに気づいた。

重たげにやっと額の高さぐらいまで持ち上げたツルハシの奥の目は、下まぶたのあたりが少しめくれていて、まるで赤んべをしているようだ。鼻梁に火傷の痕のようなひきつれがある。

ガツン！

ガツン！

講義の時間のことも忘れて、少年の単調な仕事に気をとられていた。掘り上げた土石の小さな山が、そこらに幾つも出来た。そろそろやめるだろう……子どものいたずらにしては度が過ぎている。

橋を渡って電車を待った。

夕方、学校から帰って来ると、彼はまだ作業を続けていた。バスケットボールを二分したくらいの穴が幾つもあって、少年はまた次の取組みの最中である。

(この子は、あれからずっとこれをやっていたのか?)

自分の他にも二、三人、買い物籠を下げた女性たちがこのようすを見守っていた。その脇をかいくぐって、広い鍔付きの帽子に男もののジャンパーを着た五〇がらみの女《ひと》が、よろめくような恰好で顔を出した。

足には地下足袋をはいている。その足で土石の小山を穴に埋め四、五回踏み固めてどうやら元どおりに直すと、立って見ている少年の手から仕事道具をもぎ取り、二人して駅の反対側の方へ帰って行った。母親の背中だ——。

少年は明くる日も工事をしていた。昨日《きのう》の夕方、母親がやっと踏み固めたところをまたほじくり返して、前よりもっと大きな穴にしてしまっている。

あきれて見ていると、これまた昨日と同じ恰好の母親が現われて、無表情に手早く穴を埋め終ると子の手を引いて薄暗がりに消えて行った。

それはまるで、ともに決まっている手順通りの仕事をしているように見えたが、そう言ってすますことが出来ない何か重苦しいものを感じていた。

橋のたもとにあった行きつけの、寿司屋のおやじさんに訊いてみた。

『六年生ぐらいかな、あの子？』

『いや、中学の、確か二年ぐらいにはなっている筈ですよ、ナリは小さいけど――』

そう言われても、すぐには信じられなかった――。

それ程、彼にはどこか幼稚なものが見えて、とても中学の二年とは思えない。

『本当かい？』

『本当ですよ……あっしはずっとこのあたりで商売して来ましたからね。この辺の人のことは子どもたちのことも、それこそ夫婦仲から子どもの学校の成績まで、大たいのことは知ってるんでさぁ――』

おやじさんは誇らしげな顔つきでそう言いながら、手はせっせと寿司を握っていたが、やがて

『すいませんが、一寸これを届けて来ますんで、チビチビやっててくれませんか……なに近くなんですぐ戻ります』

と言うと、自転車に乗って出前を届けに出て行った。

ことば通りに、すぐ戻って来た。

『……で、学校は？』

『それが行かないんで……何しろアレでしょ、連れてったっていじめられて、すぐ帰って来ちまうんで……学校の方もいい加減にほっぽってあるんじゃないですか――』

おやじは、頭のてっぺんに渦巻きを作るようなしぐさをしながらそう言ったあとは、向うむきになって俎板に向っていた。

『父親はどうしてるの？』

面倒くさそうな声が返って来た――。

『死んじまったんで――このあたりで土方してたんですがね、このところ中気で寝込んでるって聞いてましたが、ツイこの間、ポックリ――』

『ああ……それで母親が――』

『そうなんで……「失対事業」って言うんですか、あれに出てるんで、ま、同じ土方作業なんですがね――』

その翌日も、次の日も、「赤んべ」の少年は橋にいた。夕方、母親が穴を埋めては帰って行く二人の共同作業は果てもないように思われたが、相変らず無表情なままで子を連れてどこかへ帰って行く後姿《うしろすがた》に封じ込められた悲しみ、というよりは何かこの人の背負っている業《ごう》のようなものを感じていた。

それが、バッタリ姿を見なくなった――。

『どっか、母子寮のようなところへ引きとられたって話は聞きましたがね……』

おやじさんは、顔も上げずにそう言った。

寺斉橋には、五、六カ所もながくアバタが残っていた。

五

あれから自分は、二人目の男の子が小学校に入学するのを機会に、妻の実家のある埼玉県の田舎町に小さな家を建てて、中井を離れた。

上の女の子が四年生になった時、家主から家の老朽化を理由にたびたび立ち退きを迫られていた母が越して来ることになった。

広くはない家だから、家財道具などはなるべく少なくしてということばに従って、母は飼っていた老犬一匹のほかは本当に何も持たず、身一つでやって来た。

『何もかも、置いて来たよ……』

そう言って笑っていたが、しばらくは気が抜けたように、なんにもない四畳半のまん中に、ぼんやり座っていた。

あの男とやっと無縁になったのだが、そうなった時、母はすっかり年老いてしまっている。それまでの月日は一体何だったのか……夜遅く、二人で並木橋を渡ってあの四畳半に帰って行った頃の母はまだ若かったと、口惜しい思いが胸にあった。

ある日、もと居た家でつきあっていたらしい人と話している電話の声が、二階の書斎まで聞こえていた。

『——そう、何もかも置いて、「ハス」一匹だけ連れてね……でもね、庭の木だってあんまり土を落してしまったら移せないもの、何だか淋しくってね。間借りでもいいからそっちへ戻りたいよ……』

訪ねてくれたその友人が言うことに、母はあの借家を出る朝、「永いことお世話になったね……ありがとネ」と、ボロ家に向って何度も頭を下げていたらしい。

あすこが母の終《つい》の棲家《すみか》だったのか……あんな男でも永くともに暮らせば懐かしくなることがあるのかもしれないと思うと、思っただけで不快になったが、黙って聞いているより仕方がなかった。

しかし母は、だんだんわれわれとの暮しにも馴れてきて、どこで覚えたのか、公民館の和室を使って何人かのお年寄りに日本舞踊を教えて、「先生」などと呼ばれるようになっていた。

息子さんも大学の先生だと言われるのが嬉しかったらしくて、

『さんざん苦労して今のしあわせがあります……』

などと言っていたらしい。『息子が親孝行で、といつもおっしゃっていますよ』とお弟子さんに聞かされた時にはうろたえてしまった。何が親孝行なものか……誰もが一度ぐらいはするだろう温泉旅行などへ連れて行ったことなどないどころか、浴衣一枚、買った憶えもなかった。

七、八年の「しあわせ」の日々が過ぎて行った。一緒に暮すうち、子どもの頃の母を慕った心が戻って来ていた。しっかり手を握ってもらって並木橋を渡った夢うつつの時、心のうちで渡っていたもうひとつの橋のことを思い出すこともあった。

何もかもが、昔に戻っていた——。

ある日、公民館から帰って来て、

『喉の奥の辺、ちょっと何かひっかかるような気がする……』

と、言った。

『気のせいだよ、心配しなくていいさ』

『そうかねぇ……』

そんなやりとりで、一カ月程経った。

母は何も言わないので、そのことは忘れるともなく忘れていると、ある日また、

『やっぱり、どうも変だよ……』

と、言い出した。

『じゃあ、町の医者に一度診てもらったら』

と勧めた。四、五日が過ぎて、院長からの電話で出向くと、

『どうも簡単なものではないようで、念のため一度、大学病院でくわしく調べてもらって下さい――』

ということで、県内にある大学病院への紹介状を書いてくれた。

イヤな予感がしたが、ちょうど入学試験が始まっていたから妻がつき添って行くと、そのまま入院して精密検査をということになった。

試験の監督が終って、すぐ採点業務に入った。百枚程に束ねられた答案の、担当箇所を見るだけの流れ作業だが、気が散って集中出来ない。何冊もが自分のところで滞ってしまう。申しわけない思いにせきたてられて、また答案用紙に向う日々、家に帰るのは夜遅くで、母のことが気にかかりながらも全く身動きがとれなかった。

二週間ぶりに解放されて、やっと五階の病室に顔を出すことが出来た。

(怒っているだろう……)と思いながらベッドの母の顔をのぞくと、

『遅かったね……』

と、たった一言《ひとこと》そう言っただけであとは何も言わなかったが、それは初めて聞くような不満を匿した語調だった。

二週間の検査、検査のせいだろう、母は全く別人のように窶《やつ》れてしまっていた。

『先生のところへ行って来るからね……』とだけ言って、ベッドを離れた。

『噴門癌です――。お気の毒ですが、だんだん物が喉を通らなくなるでしょう……』

『――』

『何か打つ手はないのでしょうか?』

やっとそれだけ言うと、コンピューターの画像ばかり見入っていた医師の返事は、もう一、二カ月も早ければ、手術してバイパスを付けるという方法が考えられたかもしれませんが、高齢でもあるし他への転移も疑われるので、手術は積極的には勧められませんということだった。抗癌剤の投与しか手はないということらしい。

『それでも、思い切って手術をしますか、バイパスの――』

医師は初めて正面からこちらの顔を見ながら、そう言った。

にわかにそう言われても、すぐには返事の仕様がない。やっと訊き返した手術のわずかな可能性や抗癌剤の効果についての二、三の質問にも、いい返事は一つもなかった。

万に一つの可能性にかけて手術をしても、母はこの冷えびえとした病院の大部屋で終りを迎えることになるのではないか……つき添いは許されていない……誰にも看取られず一人で死んで行くこともあり得る……

『少しの間、考えさせて下さい――』

そう言って部屋を出たが、もう一、二カ月も前だったらということばが耳にこびりついていた。

(もっと早く診せるんだった――)。後悔を胸に、五階から下の階まで、人の通らない非常階段を降りながら、手術してみるか……どうしたらいいか、と考えたが、考えても考えても迷うばかり――三回も上り下りを繰り返して、
そして決めた――。

ここを出よう。抗癌剤の投与なら、町の医院だって出来る筈だ。痛み止めの処置もしてもらおう……つき添ってやることも出来る。

やっとの結論を申し出ると、医師は少し表情をゆるめたような顔になって、あっさり退院を認めてくれた。

『あと、どのくらいでしょうか?』

それまで口に出せなかった問いに、相手はまたもとのような表情に戻って、答えた。

『そうですね……三カ月か、早ければ二カ月ぐらいかも知れません――』

病室に戻ってみると、母はじっと目をつぶっていた。眠っているのか……気配でこちらを向いたが、べつに診断の結果を聞きたがるふうでもなかった。

『胃潰瘍だって……少し時間はかかるらしいが、町の医院でも薬でなおせるって……だからもうここは出よう、そうしようよね』。

母はうなずいただけで、何も言わなかった。それに救われたが、わたしはもともと孤《ひと》り……一人で死んで行くよと、とっくに覚悟は決めていたのかもしれない。その心のうちが、「親孝行」のセガレには辛かった。

町の医院に入院させた――。

二階の畳敷きの個室で三カ月足らず、あの医師の言った通りだったが、母は痛いとも苦しいとも何とも言わず、最後の十日あまりは一日中ウトウト眠っていた。その間ずっと妻と交代で傍にいてやることが出来た。あそこで手術など痛い目にあわせなくてよかったなと、何度もおのれに言いきかせていた。

深夜、突然、呼吸が乱れた。

院長が起きて来てカンフル注射が打たれ、親しくなっていた婦長がはだけた胸をさすりながらしきりに名前を呼んでいたが、眉間にシワを寄せてほとんど意識を喪失していたらしい母の表情がゆるむと、薄目があいた。

『……橋がありましてね、まわりには見たこともないような真っ白い奇麗なお花が一杯咲いていました。そこを渡ろうとしておりましたら、うしろの方で、何度も何度も私を呼ぶ声がして、それで帰って来ました』

息をふき返した母は、頰笑みを浮かべながら婦長さんとそんな話をしていたが、その二日後、一人で白い花で埋っている橋を渡って行った。

八十三歳――。

自分は五十二、涙はこぼさずただ茫然と母の顔を見ていた。

六

かなり前のことだが――ためらいがちに母が、自分の出生にまつわる話をしかけたことがあった。生きているうちに……と思ったのだろうが、およそのことは知っていた。遠縁の者たちが陰でする話は風のように流れて、とっくに自分の耳にも入っていた。

思いがけない災難で孕んでしまった腹の子が生まれては困る……冷たい水をかけて冷してみたり怪しげな薬を飲んだりしてみたが、それでも生まれて来てしまったらしい。

不愉快そうなこちらの表情を察してか、母はくわしい話はせず、

「バカな母親だったと思うよ――」とだけ言って口をつぐんだが、語り出した思いをせきとめかねたのか、「あんたを抱いて橋の上から飛び込もうとしたんだけど、生きててよかった」と言うと、何か気が軽くなったような面持ちになって部屋を出て行ったことを思い出した。

その橋が「勝山橋」と判ったのは、死後に母の遺した手記を読んでからだ。

書きかけては途中でやめ、また初めから書き直したようなノートは何冊もあったが、勝山橋の

ところはどれも重苦しく書き澱んでいる中に一冊だけ、調子の違うものがあった。

ころは昭和三年きさらぎの
廿五日の夜半ごろ
きくのは一人さだめなく　われには帰る家もなし
いきるどりょくのかいもなく
ばんさくつきてぼうぜんと
かつやまじょうしにたどりつき
せなかのむしんのみどり子は
ち、をもとめて泣くばかり
さいごのちぶさあたえつつ
ゆるしておくれまさぼうよ
この母たよりに生れきて
二十五日のいのちかと泣いてなみだも
かれはてて勝山橋にさしかかる

とびこまんとするいっせつな
まてととどむるその人は
旧知の清田夫妻なり

（なんだこれは……まるで、ナニワ節じゃないか――）

と思いながら、半ば鼻白む思いで読んでいたあの頃――

浪曲好きの義父を想い出すのがイヤで、ずっとしまったままだった母の「大学ノート」――久しぶりにとり出して読んだが、歳を重ねた今の自分には、この書きぶりも抵抗なく素直に読める。「手記」を書く気になるまでの、思い出したくもなかっただろう恨みつらみも悲しみも、いつか歳月がみんな洗い流して、それはどこか懐かしくもある思い出に変っていたのだろう。（それならそれでよかった。ナニワ節で何が悪い――）

夢に出て来ていたあの橋は、勝山橋に違いない。辛い思いが重なっている小倉だが、勝山橋を見てみたい。母と一緒に後にしてから数十年ぶりに、故郷の駅に降り立った。

駅前ホテルに荷物を置いて、すぐ、タクシーを拾った。

『勝山橋ですね……お客さんどちらから？』

『東京――』

『へぇ……そんな遠くから――』

外は粉雪が舞い出していた。

すぐに、それらしい橋が見えて来た。

『お客さん、雪がかなり降って来ましたが、橋の上で降りるんですか？』

すこし考えたが、

『悪いが、ちょっとここで停めていてくれませんか……』。

窓ガラスをこすって外を覗くと、明るく照らし出された欄干にもうっすらと雪が積もっていた。その下を、とりどりのネオンの色を映した川がゆったりと流れている。これが、あの夢の中の橋だろうか……

橋の幅は四、五十メートルもあろうか……しかし夜目でハッキリとは判らない。感じでは長さは百メートルぐらいか……どうも違うな……そんな思いがしきりにしていた。想っていたのは木の橋、それももっと小さな橋だ……。

『もういい……駅に戻って下さい――』

だがUターンして走り出した車の中で、後悔の念にとりつかれていた。

(また来ることはあるまい。ここまで来ながらどうして橋の上に立たずに、すぐ引き返して来てしまったのか……まるで、逃げるように——)

『運転手さん、すまんが駅じゃなくてどこかいい店はないかな……少し呑みたいんだが』

返事はなく車は停った。左手に、「大衆割烹」と白く染め抜いた紺の暖簾が見えた。勘定をすませると運転手は店の戸を開けて、

『お客さんだよ、東京から——』

と声をかけた。

よく磨かれたカウンターの前に腰を下ろすと、まだ若い見習いのような男に「熱カンで一、二本」と頼んだ。

彼は中暖簾の奥から付き出しを添えた盆の徳利を持って出て来ると、

『へぇ——東京からですか。外は寒かったでしょう……何か会合でも?』

と、訊いてきた。

『いや、別に、ただ橋を見にね……』

『橋ですか?』

『そう、勝山橋……今、渡って来た――』

けげんそうな顔で、彼はしばらく黙っていたが、

『今のとは違うんですってね。昔の勝山橋は……ホラ少し先に見えちょったでしょうが、もう一本小さい橋が……あれなんですってよ。そんなことを聞いたことがあります』。

『えっ？』

一瞬、耳を疑った――。

その時、奥から声がかかった。

『勝山橋は勝山橋たい。今んとがそうたい、昔から――。黙って仕事せんか！』

若い男はそれきり、黙ってしまった。

追加したもう一本が効いて、かなり酔いが廻ってぐらぐらする頭の中を、一つの思いが経巡っている。

（いったいどっちが……ずっと胸にあった橋なんだ。ここまで来てヘンなことを聞いてしまった――）。

考えていても、判ることじゃない……
こうしていてもしようがない……
もう一本を呑み了えて、外へ出た。
外はボタン雪に変っていた。

かなり積もった雪の道を一歩一歩踏みしめながら、車で通って来た橋の方へ歩き出した。若い方が言ったもう一本の小さな橋というのが気になっていた。さっきは全く気がつかなかった……（あったか、そんな橋……）橋まで辿り着くのにかなり時間がかかったが、やっと橋の上に立った――。
右手前方五〇メートルぐらい先か、それらしい小さな橋が青白く浮かんでいるのが見えた。

（ああ、あれか……）。

あの橋じゃないのか、と思った。その時背後に、女性の声を聞いた。
振り向くと、かなり年配の婦人が傘をさしかけてくれていた。

『……どうかなさったと?』

ボタン雪の降りしきる中に、若くはなさそうな男が一人傘もささずに橋の欄干に寄りかかっている……からだの具合でもと思われたのか——

『いえ、べつに……ちょっと酔いを醒ましておりました。すみません』

『そうですか……それならいいんですが』

親切に甘えて、訊いてみた。

『あの先に見える橋は、何という?』

『ああ、あれですが、さあ、存じません……』

——

『この橋ですが、昔からこんな大きな橋だったんでしょうか?』

『昔は今よりももう少し小さなものだったように聞いたことがありますが、さあ、どうでしょうか……わたしは土地の者ではございませんのでね』

そういう間にも、雪は、最前より激しくなってきた。これ以上迷惑をかけてはと、それだけで口をつぐんで頭を下げた。

どっちが夢の中の橋なのか、
いぜんとして判らない、
だが、もういいじゃないか。
かつやま橋はかつやま橋たい。

昔、母と胸の鼓動を一つにして橋を渡って生きた。それを今度は、一人で渡って「彼岸」へ行く。それでいいじゃないか――。

『お気をつけてね……』
と、短いことばを残して、老婦人は去って行った。
橋の上も橋のまわりも降りしきる真っ白な花の中を……
懐かしい撫で肩が消えて行った。

三　牛の眼の奥

遠くで幽かに消防車の鳴らすサイレンの音が聞こえている。だんだんこちらに近づいて来るようだ。

山峡の町、夜中のサイレンの音は殊につよく耳に響く。いつ聞いても不安をかきたてられる不吉な音は、家の近くまで迫ってくるとピタリと止んだ。火事はどのあたりか、妻も脇のベッドで目を覚ましているようだが、しばらく何か人の声がしていただけで、ほどなく静けさがもどった。手をのばして明りをつけてみると、三時をすこし過ぎていた。

野火だろうか――

草が枯れるとこのあたりではよく火災がおきる。ポイと捨てられたすいさしの煙草からでもすぐ火が出る。大したことにならなくてよかったと思ったが、もうひと眠りしようとしてもやはり目が冴えて眠れない。妻はもう寝入ったらしい……普段は気にならないほどの寝息が、ばかに耳につく。いろいろなことを思い出しながらじっとしていた。歳をとると思い出すことが多くなる。思い出せなくてトシを感じることもある。

その朝も、火が安心とわかったあとはベッドの中で気になっている句を思い出そうとしていたが、よく知っているつもりの句が出てこない。作者はわかっている。炭太祇《たんたいぎ》。何だったっけ、あのサイレンの不安にピッタリの句……何だったか思い出そうとすればするほど、出てこない。あきらめて寝返りをうったとたんに、浮かんだ。

盗人《ぬすびと》に鐘つく寺や冬木立

季題は冬、それに家の前の道路をへだてた小高い丘の上には寺があり、寺のまわりには落葉した雑木林、これだこれだとひとり合点をしているうちに最前までの落着かぬ気分が晴れて、いつとなしに眠りに落ちていた。

火災は野火ではなくボヤだった――。

寺の傍の農家の納屋から火が出た。その家では、四、五頭の乳牛を飼っていて、牛舎の脇の納屋に積んであった飼料にする藁が全部燃えてしまったというのだが、それがどうやらつけ火らしいと、うわさ話を耳にしてきた妻が声をひそめた。気味が悪いわ……でも母屋《おもや》でなくてよかったんじゃない。それにしても誰がまたなんで藁に火をつけたんだろうと近所の女《ひと》たちがひそひそ話をしていたという。『イヤな世の中になったわねぇ。安心できないわこの辺も』と言うと彼女は台所に立って行った。

その家は、もう七十歳をかなり過ぎていると思われる老夫婦二人だけの暮しで、御主人が作るわずかな米と野菜の他は奥さんが牛の飼育をしているだけのようだ。

お気に入りの鈴のついた黄色い靴をはいた幼い孫の手をひいて、牛を見せに連れて行ったことがあった。初めてやって来た都会育ちの女の子はまだ生きた牛を見たことはあるまいから怖がるかもしれないが、自分の牛好きの血はこの子にも伝わっているかもしれないではないか——。

牛小屋は五、六坪くらいのものか、薄暗いうえに入口が一カ所しかあいていないので奥までは見えないが、それでも二、三頭の顔ははっきり見ることができた。重たそうな乳房をぶら下げているホルスタイン、蝿やら小虫やらがうるさくつきまとうのを、時々細い尾の先で払いのけるようにしながら、牛たちがいっせいにこちらを向いた。孫は初めて見る生き物に少し腰を引いて立っていた。やがて牛はゆっくりと首をまわしててんでに勝手な方向に向いたが中で一頭、一番老いているように感じられるのがどうしたことか、じっと孫の方を見続けていた。孫の目に初めての牛が珍らしかったのと同じでいつも老人二人を相手のこの牛も、幼い女の子が珍らしかったのかもしれないが、そうしてじっと動かないのが、いかにも牛らしくていい。そう思ってよく見ると、牛の目は少し腫れぼったいが人間の目に似ている。なにか懐かしいものがある。慈眼ということばを思い出した。荒れた今の世に、それはもう歳取った牛にしか残っていまい。

モウモウちゃんが、笑ったヨ……
孫が言った。
そうかい、でも声はきこえなかったよ。
ちがうよ、目が笑った……
そうか、目で笑ったのか——

優しいその目を、あらためて覗き込む。孫の姿が映っているだろう、目の奥。深い目の色だ。

モウモウも、泣くよネ。
泣くよ、もーうん、もーうんってね。
涙が出る？
やっぱり、涙を浮かべるだろうよ、目にいっぱいね。
牛も笑う。牛も泣く。迷い、迷い出てさまようこともあるだろう。
目の前の牛が、動き始める——

牛が小屋を出ていってしまった
……
牛のゆくえを
草の根をわけても
探さなければならない
……
川は広く
山は遥かに
路は果てもなく　遠い
水のほとり
林の下
あちらこちらと　探して歩く
……
いくつもの足跡がみつかったが
肝心の牛のものかどうか

よく判らぬ
しかし
牛がここを通ったことは　まちがいない
これを追って行こう
そうすればきっと
牛を見つけだせよう
……
あっ　声が聞こえる
声がしたぞ
牛が姿を現わした
白牛ではない
青牛でもない
まさしく探していた牛
目が笑っている
とうとうつかまえた

やっと巡り会えた
だが　つかまえるにはつかまえたが
牛は興奮していて　手がつけられぬ
遂には坐りこんでしまって　どうにも動こうとしない
手綱をつかんで引き起し
どうやら　動き始めはしたものの
もと居たところが懐かしいのか
牛はしきりに後を振り返ろうとする
手綱をしぼれ　家路を見失うな
緑の川　青い山
道草を食いながら　ゆっくり行くしかない
さて　どうやってこの牛を　無事に小屋まで連れ戻すか
もたもたしてはいけない　惑ったら最後
迷いは迷いを生んできりがないことになる
手綱をしっかり引きしめて　ずんずん歩いて行け

そうすれば　やがて手綱を放しても　牛は後からついてくる
牛とのたたかいは　とっくにかたがついてしまった
逃げないように　気をもむことももはやない
いつか牛の背にまたがって　大空を見上げながら　ゆったりと行く
……
前方に見えてくる丘の斜面
ああ　牛小屋が見える　一歩一歩に清風が起こり　牛はおだやかに歩を進め
道の辺の雑草などには目もくれぬ

廓庵和尚の『十牛図』(1)は、牛の後を追うにつれていよいよ禅味を増して、ついて行けそうもない。

第七　到家忘牛

第八　人牛倶忘

第九　返本環源

第十　入鄽垂手

柴門独掩、千聖不知。
埋自己之風光、負前賢之途轍。
提瓢入市、策杖還家。
酒肆魚行、化令成仏。

(柴門《さいもん》独《ひと》り掩《おお》うて、千聖も知らず。
自己の風光を埋《うず》めて、前賢の途轍《とてつ》に負《そむ》く。
瓢《ひさご》を提《さ》げて市に入り、杖を策《つ》いて家に還る。
酒肆魚行《しゅしぎょこう》、化して成仏せしむ)。

「入鄽垂手《にってんすいしゅ》」、鄽は町。手をぶらりと下げ人々の中にいる。欲を去り、人間《じんかん》に伍して競わず、ゆったりとありのままに生きるのが悟達の境地というのだろうか……なる程とは思う。娑婆に生きる心得としてそうありたいと願いはするが、自分はとてもそのようには生きられぬこともわかっている。

それならどうしたらいい牛さんと、あらためて牛小屋を見まわすと、薄暗い牛舎の隅の柱に小さな黒板がかけてあるのに気づいた。俳句のようなものが書いてある。

『まねごとですよ……』

いつ現われたのか、野良着姿の女《ひと》が土やほこりで汚れた顔に微笑を浮かべて立っていた。牛の世話やら野良仕事のあいまに、ふと浮かんだり思いついたりしたことを俳句のようなかたちで書いておくだけで、とても句にはなっていませんが……そうですか、そちらも俳句がお好きですか、そんならちょっと待っていて下さい——。

そう言い残して母屋の方へとって返してすぐに、一冊の本を持って戻って来た。はずかしいものですが……と言いながら下さったのは箱に入ったりっぱな句集だった。(2)

ボヤ騒ぎのあと、昔頂いたままますっかり忘れていたあの時の句集を思い出した。探し出してパラパラと読み始めたが、やがて頁をくる手が遅くなった。

並みの句ではない――。

搾乳缶の木魂に明ける峡の春
発情の牛鳴き返す寒冴
冬木に藁着せて牛飼う家の構図
飼料蕪取る冷たさの締めくくり
放れ牛野の一点として風光る
繭玉を飾り牛舎に見る年輪
寒の水牛の喉笛鳴らしけり
湯気ほのと匂へり牛の乳洗ふ
牛叱咤して秋思の域を抜け出しぬ

孫を連れて訪ねた日の牛舎の様子が目に浮かぶが、高校生になった彼女はもう忘れてしまっただろう。搾乳缶のぶつかりあう音の響き、山峡の町にこだますするのは、不吉なサイレンの音だけではなかった。発情の牛の鳴き声。蕪も飼料にするのか。いつだったか散歩の通りすがりに、さわさわと茂ったとうもろこしの収穫に精を出している連れあいに声をかけたことがあった。実がまだそうふくらんではいないようなものを、もう刈り取るのか、ふしぎな気がしたが、これらは牛の飼料なのだという。人も食べられるでしょう？　食べられない事もないが食べても甘くない、これは飼料用です。実直さが額のしわに刻まれている御老人は、それだけであとはもう何も言わず汗をふき取るとまた腰をかがめて仕事に戻ったのを思い出した。

藁を着せた冬木のような老夫婦が二人だけで送る地味な暮らしでも、牛小屋には繭玉をかざって牛と一緒に迎える新年、それももう年を重ねて何年になるのか。大きい生き物だから自分でも驚くような大声を出して相対するのでなければ動きがとれまい。ずっとそうしてきた。そしていつの間にか自分の人生の秋もとっくに過ぎてしまったが、悔いはない、というのか。

牛の命の袋に自分の命をそそぎ込むようにして生きてきた労働の毎日が培った詩心。愛しさも哀しみも、物言わぬ相手にぶつけるしかなかった。それが感情に深い影を落して、句をこの上もなく優しいものにしている。

頸抱けば仔牛小さくなる寒夜
防寒衣ふんわり仔牛売られけり

逆子産む牛の背中に乗る余寒
牛産むと酪農日誌花の雨
霞野へ送る仔牛の赤い首輪
春の陽に背を向け屠場に牛送る

句集に寄せた県下の名のある俳人の文章によれば、お父さんは神官をしていたとあり、先祖は修験者であったらしいとも書いてある。おだやかに笑っていても、どこか冒しがたいものを漂わせているのはそのせいかもしれない。

あの大戦の末期、まだ十代の半ばで明日は戦地に発つという人に嫁いでいる。戦時中にはよくあったことだが、ほどなく夫は戦死、戦後、現在の夫と再婚している。想像だがお二人は兄弟であるまいか……これも戦後の農村ではよく耳にした話だ。あの頃は何事もお国の為、家のためと言われれば黙って従うしかなかった。戦争はこの物静かな老女の肩に重くのしかかったまま、まだ息をしている。あらためて、頁をめくる——。

夏足袋に三十年修す兵士の忌

わずか一日連れ添っただけの人への喪の心は篤い。そういう人の後《のち》の心を推しはかる句は容易にみつからぬ。つよい抑制を感じる。それでも、何句かあった。

柿しぶし夫が他人の如き日は
幾度燃え幾度抑へて月に佇つ
傷つけ合ふことなく老いて松落葉

言いとめている句の背後の重み、などとあげつらうのは他人のいらぬ感傷であり、これを苦渋の作とみるのも勝手な読み込みかもしれぬ。作者の家常茶飯は「案山子にミニ着せて流行などは追はず」であり、「放れ牛手に戻るとき陽炎へり」である。

気づいてみれば「入鄽垂手」はここにあった。ぶらりと下げた手の指は土にまみれている。その手を、牛たちの目はずっと見てきた筈だ。その姿は、目の奥にしまわれているであろう。それは牛との黙契、或は牛の宝かもしれない。

「ボヤ」騒ぎの見舞を兼ねて、久しぶりに牛を見に出かけた。半コートの襟を立て、冷たい風に逆らいながら竹やぶの脇の細い道を五分も行くと、小屋まではまだ少し距離があるのに、凛と澄んだ空気の中に、もう牛の臭いがしている。それとわかる木のこげた臭い——。

納屋の天井板が半分ほど焼け落ちて、泥まみれの藁がそこここに堆く積まれている。あっという間の出来事だったのだろうが、消火が早かったのか牛舎にまで被害は及んでいない。

板戸の透き間から射込まれた何条かの白い光の矢の中に、牛たちは立っていた。恐ろしい火の手を見ただろうに、何事もなかったような物静かな目でこちらを見ている。孫の顔をじっと見ていたあの「老」牛の慈眼にも、変りはなかった。時どき、目をしばたたく、それが慈眼を一層優しくした。

学校に行くようになった孫は、今では夏休みぐらいしか顔を見せない。小さな肩を固くして牛を見つめていたあの頃の姿は、あのまま牛の目の奥にしまわれているかもしれない、そう思うと心がなごんだ。

二、三日たった朝方、食卓をかたづけながら妻が言った。

『あなたの好きなあの牛たちね、居なくなったそうよ……』

『居なくなった?』

『ああ、違うのよ、引きとってもらったらしいの、知り合いの酪農家に……』

『いつ？』
『今朝早《けさ》くだって…』
『――』
『もう疲れたって、潮時だって言ってらしたそうよ――』

大事な飼料の藁を焼かれたことがこたえたらしい。燃え残りの泥にまみれた藁の前にへたり込んだまま、しばらく動けなかったらしい。

これまでずっと自分のところの水田で作った稲をこいで作ってきた大切な藁だった。それがこんな田舎にも「経済成長」の波が押し寄せてきて、丘を削って造られた団地からの生活排水が田んぼの脇の清流に流れこんでもう米は作れなくなっている。飼料屋から干し草を買うことはできようが、これまでずっと自分のところの藁ととうもろこしなどを食べてきた牛たちの喜ぶ筈がない。それに、ゼニで買ういまどきの飼料など信用できない。どんなものが混ざっているか、しれたもんじゃない。狂牛病が怖い、肉骨粉なんて共喰いじゃないか……よく平気でそんなことが出来るもんだ。まちがっても人が人を食うなんてことをするだろうか……いや、することもある。戦争をくぐった者はだれでもどたん場の人間のむごたらしい話を見たり聞いたりしている。しかし、してはならないことをおたがいがわきまえて、平和な人間の暮らしが成り立っていたのを、今の世はまったく無茶苦茶で底の底から腐ってしまった。もうやめよう、牛を飼うのはやめよう——グッグッと腹の中で誰に向けたらいいのか向けようのない怒りが煮えたぎっていた。しかし、それを人には言わず、いつもと同じように小さく笑って「潮時」と言ったのだろうか——

飼っていた四頭のうちはじめの三頭は、思ったよりもおとなしく素直《すなお》にトラックに乗ったが、残りの一頭に手を焼いた。四肢を突っ張って動こうとしない。可愛さも一入《ひとしお》だったが、乳牛としてはもう終りの時が近づいている。できることならこれだけでも置いてやりたいが、そうしていてもいずれは屠殺場へやらねばならなくなるだろう。それはもっと辛い。背中を叩いて、『また逢いに行くからよ』、と言ってやると、やっと老牛は素直になって車に渡した板を踏んだが、肚の中ではもう逢いには行くまい、と決めている。

トラックがゆっくりと動き出し、牛小屋の脇の批把の花の下を通る時、牛は目の前に垂れさがる何か重たい幕でもはねあげるように、鼻づらを高く空に向けて、「もーうん……」と一声鳴いた。速度を速めて走り去る車上の牛のうるんだような目の奥には、赤く燃えさかる火の色があった。

火の中をうごめくジャンパー姿の老人の姿があっただろう。

後日、警察に出頭した老人は、取調べ室で刑事からもらった煙草の煙をふかしながら、明るい声でこう供述したという。

——久しぶりに出て来た娑婆は、不景気だ、リストラだってよ、あたしらのような幾つもマエのあるもんの入り込むようなすき間はどこにもねぇ……いっそ、ムショがいい、あそこはちゃんと三食付きだからよ。だけどよう、もうあんまりツミなことはしたくねえ。オレも歳だからねぇ、それで納屋の藁に火をつけた…藁なら燃えても大したことはねえでしょ…これでまたムショに逆戻り、どうぞよろしくお願いします、旦那——。

注

（1）『十牛図』の読みと解釈は、上田閑照・柳田聖山『十牛図——自己の現象学』（ちくま学芸文庫、一九九二年）に拠った。

（2）森千代子句集『薯の花』風神社、一九九二年。

四　遠い声

七つの断章

一

間をおかず
二度も降りしきった大雪に埋もれた
大東京
住民わずか三万のわが町も
白皚々《はくがいがい》たる雪の下だった
あの時は
ひょっとしたら
改憲めざして狂奔する政治の進路を塞ぎ
経済第一主義のもと　効率や利便がすべてに優先する世のさまと
たがいの暮し方とを改める第一歩になったかもしれぬ都知事選挙の最中だった
大騒ぎが終ったあとの雪の下には
「原発反対」を訴えた一九三万人の声が埋まっていただけだ

黙殺された人間の声
わが町のもとは古い沼であった駐車場の雪の下には
何百匹もの蛙が埋まっている
沈黙させられた生きものの声

二

東京を遠く離れた田舎町の「北の丘」に　小さな家を建てて移り住むことにした
あの頃
小学四年生だった娘と　一年生になったばかりの男の子
二人の頭上を流れ去った四十年の歳月
彼らが巣立って行ったあとのも抜けの殻に残っている老人二人
言うこともなく
為すこともなく
日を消している　ぼんやりと

薄暗がりに自分が見ているのは
手にかけたたくさんの蛙たちの
影
汚れているおのが手の
先

あの頃
「丘」を四、五十メートルも下《くだ》った「下の道」の傍の古い大きな沼には
二種類の蛙が棲んでいた
牛蛙
と
ひき蛙
夜も更けた沼の方からかすかに
「モオーン、モオーン」
と

牛か何か　かなり大きな生きもののうめくような声の聞こえてくることがあって
引越して来たばかりの頃は　それが蛙とは知らなかった
鈍重で沼を離れぬ牛蛙
ジッとしてはいないひき蛙
大きいのになると十四、五センチメートルにもなろうかと思われるひき蛙の
雨に濡れてヌラッと光る茶褐色のイボだらけの背も
腹部の白と黒のマダラ模様も
どちらも気味が悪い
そんな彼らの声のない冬の沼はシンと静まりかえっているが
採り手がないままに熟し切った野梅の実が　ポタポタ地に落ちたまま腐ってしまう頃
ある夜
突然
沼の生きものたちの鳴く声が聞こえてくる
はじめは遠く
幽かに

予告でもしているかのように
それが
水田に引いた沼の水に映る稲の若葉のそよぐ頃
蛙たちの鳴く声は　沼を取りまく雑木林をゆるがす大合唱に一変する
満天の星の下
誰か指揮者でもいるかのように
合唱は一瞬ピタリと停む
止むがすぐまた一層高いトーンで　演奏は夜半過ぎまで続けられる
そして
それからの数カ月の「下の道」は　沼から這い上がったひき蛙で埋まる
一面のひき蛙　ひき蛙　ひき蛙たちの道となる
「下の道」
「道」とは名ばかり　そこは幅一メートルほどの「馬入れ」　舗装も何もしていない草だらけの道
をわずかに照らす何ヶ所かの蛍光灯
そのゆるやかな坂の道を西に二百メートルも上った「西の丘」は　戦時中は石炭が出るというの

で人の手が入っていたらしいが　戦後は雑木・雑草の生い茂る無用の丘になった
「道」を南に下ったその先に　子らの通う小学校や中学校があるが
蛙の鳴き出す日が暮れてからの何カ月は
その「道」を通り抜けて帰って来る娘の出迎えは自分の日課であった
親に似て
と言うより親にまさる病的なまでの蛙嫌い
薄暗い「道」の遠くの方から聞こえてくる　白いヘルメットをかぶった娘の呼ぶ声
『お父さぁーん』
『お父さぁーん』
——わかった
——わかった
右に懐中電灯
左手にシャベル

『いるわ　そこよ』

『ホラ　あそこ　あれそうじゃない？』

居る
居る　確かに
草むらに
二匹　三匹と重なり合っている
シャベルを突っ込む草の陰
イヤな手応《ごた》え
ゴソリと身じろぐ黒い塊
グイとすくい上げた奴をゆさぶってシャベルのくぼみのあたりまで移動させる
そうしないと跳びはねて逃げてしまう
何匹も何匹も　逃してしまった
ひき蛙は知っているのか
シャベルを握りしめている手のうちの憎しみの心を
逃げぬように

逃さぬように
どうにか運んだ奴を沼をめがけて放り投げる
夜目にすかして見とどけるひき蛙
四肢をだらしなく拡げたような恰好で飛んで行く
行ってドサリと落ちたあたり
しばらくはじっとしているようだが　すぐまた「道」の方へ這い上がってくる
何度　放っても放っても
キリがない
気が立って
娘に気づかれないようにひそかに
何匹も
何匹も
叩いて叩いて叩きつぶして　沼めがけて放り投げていた
あの頃
——もう、大丈夫だ！

――もう通れるぞう……

『殺さないでぇ――』
『殺さないでよう　お父さぁん――』

遠くで　震えるような娘の声がしていた
今も聞こえている

音大を出て
同級の男と一緒になった娘は
郷里の中学に職を得た彼のあとについて四国へ行くことになった
明日
娘は
一番電車に乗るために　まだ暗いうちに家を出るという
前の晩

そうかおまえは恐ろしい「下の道」ともお別れだな
行く先はどんな道か
目に見えぬ行く手を遠く見すえて
夜の更けるまで　呑んでいた一人酒
やがて
玄関へ
外は真っ暗な「下の道」へ
手には手慣れたシャベルと懐中電灯
酔いの廻った目を草の陰にそそぎながら
一歩
一歩
足を踏みしめて歩いた
居る
居る
ひき蛙

道の傍まで這い上がったまま　フト何か思いとどまったように
片方の肢《あし》を思い切りながく伸ばしたままの恰好で　じっとしているのもいた

『殺さないでえ――』
『殺さないでよう　お父さぁん――』

逃げもせず　じっとしている蛙
背後から　そっとすくい上げる手馴れた道具
落とさぬよう
落とさぬように神経を集中して沼まで運ぶ

揺れるシャベルの先に　向うむきに座ってジッとしている蛙
逃げもせず　まるで　駕籠にでも乗っているかのようにゆったりと座っていた
置き物のようなひき蛙たち
ポシャンと水のはねる音

スイスイと泳いで行け
お前も好きな方へ行くがいい
やがて夜があける頃
「道」に蛙は一匹もいなくなった
そのまま眠らずにいた
明け方　娘が家を出て行くのは知っていたが　そのままじっとしていた

昼近く
彼女のいた部屋を覗くと　机の上に便箋の走り書きが一枚

——お父さん
下の道をきれいにしてくれて
ありがとう
いつまでも
元気でいて下さい

きれいにしたのはぼくじゃない
蛙たちが協力してくれたんだ
どの蛙も
どの蛙も
逃げ出さず　シャベルの中にジッと座っていた
シャベルを握りしめている手と蛙の背に
何か気脈の通じているのを感じていた
今も
眼の裏に焼きついている
人の心のわかる繊細な生きものたちの
背

三

あれから——
ちっぽけな田舎町まで押し寄せて来た「経済成長」の荒波
「西の丘」は来る日も来る日も　ガタガタ走り廻るブルドーザーの音がしていた
何年も何年もが過ぎ
丘の上の土は削り取られて谷を埋めた
平になったのっぺらぼうな丘は
やがてしゃれた名前のついた　団地に変り
車の通れぬ「下の道」は拡幅され　舗装されて
車の通れる四メートル道路に一変し
沼は埋め立てられて駐車場になった
ちっぽけな資本でも
小さな丘を削り取り

古い沼を埋め立てることができる
地域住民の支持
便利になったなあ
よかった
よかった
と喜び合っている人の声を
ピカピカの車の下に埋まっている何十匹何百匹もの蛙たちは聞いたか
目の奥を去らぬ　ひき蛙たちの影
だが　影は見えても声はせぬ
どんな声で鳴いていたかひき蛙　それがさっぱり思い出せない
その鳴き声を憎み
憎みつづけ
拒んでいた耳

今になってその声が聞きたくなって

ひろげてみた　角川文庫
蛙の詩人「草野心平詩集」

桂離宮竹林の夜

こりらら　るびや　びるだあやあ
こりらら　るびや　びるだあやあ
こりらら　るびや　びるだあやあ

大竹林は青くけむり。
和讃をうたふ蛙たちには。
後光のような暈ができている。
こりらら　るびや　びるだあやあ
こりらら　るびや　びるだあやあ

ひき蛙ではない
これは　殿様蛙なんだね
心平さん

本郷にあった詩人の店の名は
「火の車」
ポツンと座っていたやせっぽちの
「ヤマさん」一人の火の車
後によく通《かよ》った新宿の店の名は
「学校」
あそこにいた「ヤマさん」は　ふっくらと声の明るい人だった

「ぼくの妻はヤマしかいない」
と心平さんが言っていた
そうだろう　心平さん

どちらも「ヤマさん」「ヤマさん」
一人
ベロベロの詩人がぶら下げていた大きな鳥籠には
鳥が一羽
これをやるとある時くれた一冊の本の名は
『七つの愛と死』(1)
そのなかの「ごびらっふの死」で鳴いている蛙は、何蛙か

いろいろたくさんの種の住んでいる群れのなかの
ある種族の長の「ごびらっふ」
老いてもはや死を待つばかりだが　思い出すのは若い日に愛した「るりる」のこと
「るりる」は蛇にかまれて死んだ
種族は蛇の攻撃から身を守る武器の製造に打ち込んでいる
それを見守りつつ書いた「ごびらっふ」の日記

ああ蛇の逆歯を防禦するガマニン弾

じぶんたちのは、防禦即ち攻撃といふ二重の性格をもつものではない。純粋に防禦だけのものである。じぶんたちはじぶんたちの肉体の性格をよく知ってゐる。蛇を攻撃しようなどとは毛頭考へたことがない。また人間と人間とが闘ふやうに、蛙と蛙がたたかふやうなことは、じぶんたちの蛙族が地上に生れて以来、一度だってないことである。

ただ蛇に喰われるのはイヤである。

ガマニン弾。

既に八十パアセント。あとの二十パアセントがうまく行けばいいのだが、そこがなかなかである。じぶんもやるが、じぶんのいのちはながくはない。

ただここでまた、若い有能な連中に暗示したいことは、じぶんたちの科学的成就に忍術的要素をもとりいれてもらひたいことである。仲間よ。忍術はコッケイではないのである。忍術こそじぶんたちの形而上学。それを科学と混淆さして…ああ、じぶんのあたまが残念だ。

ガマニン弾は、いままで試験済の緑の液体に山椒や蒲の穂の粉末をまぶし、それをおてのもののゼラチン粘液で包む、まではもうきてゐる。忍術をどのやうに按配するか。最後の段階にはいってはきてゐるが、安堵の域まではまだ遠い。

老いたる「ごびらっふ」
近づく死
今はただ
待つのみ
年に一度の誕生祭
皆とともに歌う
最後の祭

われらは侏羅に生を享け。
羊歯の林や泥の河。
恐竜などに踏まれつつ。
土と水との幾万年。
いまだに強く栄えたり。

半ばは土に息ひそめ。
半ばは天の美を生きて。
星のかんざし陽のキララ。
夜と昼とを歌ひたり。
夜と昼とを歌ひたり。

ああ七月の満月の。
満潮時はめぐりきぬ。
地球の友ら　いざ立ちて。
われらが生のよろこびを。
声をかぎりに讃えなん。

ぎゃわろッぎゃわろッぎゃわろろろりッ
ぎゃわろッぎゃわろッぎゃわろろろりッ
ぎゃわろッぎゃわろッぎゃわろろろりッ

皆の歌声を聞きながら死んだ
「ごびらっふ」
歌声はまだ続いている
それを聴いている

似ている
似ているが　どこか違う
耳の底に沈んだままのひき蛙たちの声

　こりらら　るびや　びるだあやあ
　こりらら　るびや　びるだあやあ

これは
ひょっとしたら

心平さんの愛した森青蛙ではあるまいか
詩人と森青蛙との縁は深い

草野心平
明治三十六（一九〇三）年　福島県石城郡上小川村に生まれ
昭和六十三（一九八八）年　没
昭和二十三年刊『定本　蛙』により第一回読売文学賞を受賞
昭和二十八（一九五三）年　福島県川内村、長福寺住職の招きに応じて同村平伏沼《へぶすぬま》に　森青蛙
を見に行く
昭和三十五（一九六〇）年　川内村名誉村民となる
昭和四十一（一九六六）年　川内村名誉村民の賞として「天山文庫」が建設され　以後毎年七
月「天山祭り」が開催されるようになった

「天山文庫」を訪れたのは　いつの日のことか

雪がとけてまもなくのまだ寒い日だったことだけを憶えている
心平さんは亡くなって
「文庫」にいたのは「ヤマさん」一人

車を降りて
ゆるやかな坂道を辿る百米ばかりの途中で見た
目を引く大きな酒樽の幾つか
何だろう　これは
これは書庫だという
玄関正面に「天山文庫」の額
書いたのは川端康成だと
「ヤマさん」が言った
囲炉裏に吊した大きな鉄瓶からのお茶を入れながら
彼女が言った
『あんた　心平さんに叱られていたよね、あの時……オマエ、それでも教師か、って――』

――いつだ？

――何のこと？

『ホラ、いつか東中野の家に来てくれた時よ　大作さんのことで、大学院に行かしたらとか、どうとか』

――憶えがない

――忘れたなあ

『そうかもしれないわね……もうあれから何年になるかしら……』

――ところで森青蛙はどんな声で鳴くんだ？

『知らないわよ、そんなこと。

何だ、あんた

そんなことが知りたくて、ここまで来たの？』

――そうじゃないさ　大切な集りが近くであった帰りだよ、一度来たかったからさ

『そう、蛙の声が聞きたければ　七月頃に来たらいい、鳴いてると思うわ』

「ヤマさん」は、森青蛙にはまるで興味を示さなかった

あの時

仕方がない　百科事典などで調べてわかった森青蛙のことのあれこれ

日本の固有種で、本州と佐渡島に分布する。

体長オス四―七cm、メス六―八cmほどで、メスの方が大きい。指先には丸い吸盤があり、木の上での生活に適応している。背中側の地色は緑だが、地方個体群によっては全身に褐色のまだら模様が出る。また、体表にはつやがなく、目の虹彩が赤褐色なのも特徴である。

非繁殖期はおもに森林に生息するが、繁殖期の四月から七月にかけては生息地付近の湖沼に集まる。

森青蛙は各地で生息数を減らしている。おもな理由は生息地の森林などに人の手が入り、環境が変化したことによる。産卵のためには水面上に木の枝がせり出すような湖沼が必要だが、このような場所も少なくなった。

福島県双葉郡川内村平伏沼の森青蛙は国指定の天然記念物と指定されている。(2)

ここまで読んできて　特異な種であることはわかったが　肝心の鳴き声は　書いてない

それを
やっとみつけた
国立環境研究所「侵入生物データベース」の記述
　雄は水辺で「カララ、カララ」という声で鳴く
と――
心平の詩の
「こりらら」
「こりらら」
と似ている
詩の蛙は
殿様蛙と書いてあるがどちらも同じ青蛙だもの
鳴き声が似ていても不思議はあるまい
しかし　いぜんとして思い出せぬ　「下の沼」で鳴いていたひき蛙の鳴き声
人の心の内を察するデリケートな生きもののあの

声を
記憶していない
耳

四

二〇十一年三月十一日

突如、東北一帯を襲った大地震。続く巨大な津波。「福島原子力発電所」の破壊。以下は筆舌に尽くせぬ大震災の三十日間の（抄出）ドキュメントである。

三月十一日

十四時四十六分。

宮城県北部で震度七の地震。マグニチュード（M）八・八は観測史上最大。東京電力福島第一、第二など原発計十一基が自動停止。

十四時四九分　気象庁が福島　青森　茨城　千葉の太平洋沿岸などに大津波警報を発令。各地で多数の死者や不明者。

十六時五五分　菅首相が記者会見で「国民の安全確保と被害を最小限に抑えるため政府として総力を挙げる」と強調。

十九時三分　政府が福島第一原発について原子力災害対策特別措置法に基づく「原子力緊急事態宣言」を発令。

二十一時二十三分　福島第一原発から半径三キロ以内の住民に避難指示　陸自化学防衛隊が出動。

三月十二日

○時四十九分　福島第一原発一号機で原子炉格納器内の圧力が高まったと東電が国に報告。

三時五十一分　南相馬市の一八〇〇世帯が壊滅と防衛省。

五時四十四分　一号機の中央制御室で放射線量が上昇し、避難指示区域を半径三キロから十キロに拡大。
七時四十分　福島第二原発の一、二、四号機が冷却機能を失い、東電が国に緊急事態を通報したことが判明。
七時四十五分　福島第二原発にも「原子力緊急事態宣言」を拡大。半径三キロ以内の住民に避難、一〇キロ以内に屋内退避を指示。
九時十一分　原子力安全・保安院が福島第一原発の格納容器内の蒸気放出を東京電力に命令。
十四時〇分すぎ　福島第一原発一号機の周辺で放射能物質のセシウムが検出されたことが判明。炉心溶融が起きたことを確認。
十五時三十六分　一号機建屋で爆発音がして白煙が上がり、東電社員ら四人がけが。
十九時四分　官邸の指示で福島第一原発の避難指示の範囲を半径二〇キロ以内に拡大したと福島県。東電は一号機に海水注入。

十三日

九時　防衛省災害対策本部会合で、自衛隊の災害派遣を一〇万人態勢に増強するよう菅首相から指示を受けたと北沢俊美防衛相。

十一時十六分　全壊や半壊、一部破損した建物が午前十時現在で二万棟を超えたと総務省消防庁。

十二時五十五分　気象庁が東日本大震災のマグニチュード（M）を八・八から九・〇に修正。

十五時四十一分　福島第一原発三号機について、建屋爆発の可能性と枝野幸男官房長官、東電は蒸気を放出し、真水、海水を注入。

十四日

七時ごろ、福島第一原発で放射線量が制限値を超えたため緊急事態を国に通報したと東電が公表。

十一時一分　福島第一原発三号機で水素爆発。原子力安全・保安院は、半径二〇キロの住民ら約六〇〇人に屋内退避を呼び掛け。

一三時二五分　福島第一原発二号機で原子炉の冷却機能が喪失したとして、東電が国に緊急事態を通報。
十六時三十四分　二号機で、東電が原子炉に海水の注入を開始。
十七時四分　被災地の各警察のまとめで、死亡・行方不明が五千人を超える。
十九時五十五分ごろ　二号機で燃料が水面から完全に露出し、原子炉が空だき状態になったと東電が公表。

十五日

〇時ごろ　福島第一原発二号機で、高濃度の放射性物質を含む蒸気を外部放出。
六時十分　二号機で爆発音。経済産業省原子力安全・保安院は「放射性物質が漏えいする恐れ」。
八時三十一分　福島第一原発の正門前で、毎時八二一七マイクロシーベルトの放射線量を検出と東京電力。三号機付近は、十時二十二分に毎時四百ミリシーベルトで、一般人の年間被ばく線量限度の四百倍。

十六日

五時四十五分　福島第一原発四号機で火災

十七日

九時四十八分　陸上自衛隊のヘリコプターが三号機に水投下、ヘリ二機で計四回投下。
十九時　警視庁機動隊が高圧放水車で三号機に放水開始。
十九時三十五分　自衛隊消防車が地上から放水。

十九日

十四時五分頃　福島第一原発三号機への東京消防庁の連続放水を開始。

二十日

三時四十分　東京電力福島第一原発三号機への東京消防庁の放水が終了。連続放水は十三時間以上に。

二十一日　三時五十八分　東京消防庁の福島第一原発三号機への放水が終了。放水時間は約六時間半。

三十日　国際原子力機関（ＩＡＥＡ）が飯舘村でＩＡＥＡ避難基準を上回る放射性物質が検出されたと発表。

三十一日

十一時　原子力安全・保安院が福島第一原発の放水口付近の海水から基準の四三八五倍のヨウ素一三一を検出と発表。

四月二日

九時三〇分頃　東電が福島第一原発二号機で亀裂から高濃度放射線汚染水が海に漏れ出ているのを確認。

四日

十九時三分　東京電力福島第一原発で、高濃度の汚染水の保管場所を確保するため、集中環境施設などにある計一万千五百トンの比較的汚染度の低い水を海に放出開始。

五日

八時五〇分ころ　県職員が福島市の福島一小で放射線量を測定。七日までに県内の小中学校、幼稚園など一六四八カ所を調査。浪江町津島、飯舘村では毎時一〇マイクロシーベルトを上回る施設があった。

六日

五時三十八分　福島第一原発二号機の取水口付近から出ていた高濃度汚水の流出がストップ。

七日

十一時頃　福島第一原発の二〇キロ圏内住民の一時帰宅について「安全性を確保しながら、できるだけ実現させる方向で検討」と枝野官房長官。

九日

十一時四十五分ごろ　海江田万里経済産業相が県災害対策本部を訪れ、佐藤雄平知事と面会。福島第一原発二〇キロ圏内の一時帰宅について「できるだけ早くしないといけない」と(3)——。

五

あれから三年
この間に
民主党政権から自民党政権へと
権力の移動があったが
衆・参両院ともに第一党となった同党は
いかなる法案といえども成立させる可能性を持つにいたった

二〇一三年一月三十日

安倍晋三首相が国会で
「前政権の（二〇三〇年代に原発ゼロとする）エネルギー・環境戦略は
ゼロベースで見直す」と答弁

二月二十八日
安倍首相が国会で「安全確認された原発は再稼働」と明言
七月八日
電力四社が五原発一〇基の再稼働を原子力委員会に申請
九月十五日
大飯原発四号機が定期検査入りし稼働する原発はゼロ
二〇一四年　二月二十五日

政府は原発を「重要なベースロード電源」と位置づけた
エネルギー基本計画案を公表
新増設にも
「確保していく原発の規模を見極める」と含み
「重要なベースロード電源」と位置づけられた原発
あの大惨事が
何事もなかったかの如き
政治の声
しかし
人間の声は違う
東日本大震災三年・追悼式における
遺族代表のことばを聞くがいい

もう顔も見られなくなって三年もたつのですね。私たち夫婦に初めて授かった子供として
二十五年間、時には大笑いし、時には一緒に涙し、考えて、当たり前のように過ごした日々。

そんな日常が、こんなにもいとしい日々だったことをかみしめる毎日です。

地震の直後に、お客様を避難誘導してきたあなたと会うことができました。生き生きとした顔で仕事を遂行しているあなたを頼もしく思い、言葉を掛け合って、お互い安心して別れましたね。

あれが最後になることなど思いもせず、三月十一日、停電になった家であなたの帰りを待ちました。元気よく「ただいま」と帰ってくるものだと、翌日も、その翌日も…。

十日後、二百体以上のご遺体が並ぶ中であなたを見つけた時、目視では確認しても、頭の中は認めようとしませんでした。そんな中、一日一日をどう過したのか、思い出すことができません。

ただ、たくさんの方が支えてくれました。どれだけのお力を頂いたのか、物心両面での全国、全世界のお心寄せに感謝の思いでいっぱいです。

多くのいとしい命が、人を助けたい一心で頑張ってくれました。大好きだった陸前高田の人たちを守りたかったのでしょう。

皆さん、お疲れさまでした。

生かされた私たちは、亡くなった方々の無念さと、その数倍もの遺族の悲しみと悔しさを未来へと語り伝えていかねばなりません。

あなたが大好きだったこの街を安心して暮らしていける街になるように、復興へと歩んでいきますから、ずっと一緒に見守っていてください。

母は、あなたを誇りに思います。

私たちのもとに生まれてきてくれたこと、ありがとう。

最後に、東日本大震災で亡くなられたいとしいみ霊のご冥福をお祈り申し上げます。

岩手県代表　浅沼ミキ子(4)

相馬の漁師・松本浩一さん(五十九歳)のことばは聞こえぬだろう
原発再稼働を急ぐ者たちの
耳

大震災の津波では、自宅が目の前で流されて死ぬ思いがした。

その上、原発事故だ。これはあきらめがつかないよ。天災だけではないんだからな。汚染された海は人間の力ではどうにもなんねえ。自然の浄化力に頼るしかないのに、原発は汚染水漏れを繰り返しているだろ。あきれる。いくら海の懐が深くても限界があっぺ。若いころ、福島第二原発を建てる話し合いに出た。東電は「安全」「絶対大丈夫」って。事故でどうなるかなんて説明、何もねえ。甘かった。海を取り戻して、相馬の魚の味を孫にも伝えたい。俺の残りの人生、そのためにあるんだ。(5)

俺ぁの家族、犬と猫のこと

斉藤照雄さん　七十一歳

家にいて地震になったの。

あのっけの地震ははじめてだもの。

玄関で飼ってた、犬二匹、俺なあ――東側の松林さ行って、つないだのよ。家中《えんなか》だと物落って来たり、もしかして家つぶれたりしたら、犬だめだって思ってな――。とっさにつないでよ――。いざの時、猫は逃げっけど。

俺ぁ悪かった。犬ばわざわざつないだりしたんだもお。津波来て、苦しかったベーなぁ。逃げぺったって、逃げらんにぇがったのよ。苦しかったべなぁって思い続けてる。どうにもなんね。猫だって、どこまで逃げたか―。

俺家の三匹は、仲良《なかよ》くて、犬ども、猫ばかばってけで、じゃれさせでよ――。いつも遊んでけでだぁ――。三匹とも、行方はわかんね。

三匹への思いで苦しいんだ。特に犬ばつないだこと。俺ぁ、大罪だべえ。(6)

福島第一原発の南西十五～三十キロに位置する川内村は
全村民に避難指示が出て　郡山に移ったが　二〇一二年一月　他の自治体に先がけて
「帰村宣言」を行なった
危険を冒しても、どうしても戻りたかった約半数の人たちがそこに見たのは
置いて出た牛たちの　やせ細った姿
誰もがその背をなでながら　涙をこぼした
三年が過ぎた――
避難指示区域で　昼夜通して暮らせるようになった
国は除染の効果で放射線が下がったと強調するが　実際には十分下がっていない場所も多く住民
の不信感は根強い

対象区域・百三十四世帯二百七十六人のうち自宅に戻る申請をしたのは
一割強の十八世帯・四十人にとどまったと　新聞は報じた(7)
第一原発の北西二十八キロに位置し
同じく全村避難の指示を受けた飯舘村
大量の放射性物質が降りそそぎ　もろにそれをかぶった牛たち
村の人たちは　その乳の出を減らすために　やむなく餌を減らしたが
それでも　けなげな牛たちは
おのれの身を削って
乳を出した
福島県は　当局の指示により
旧警戒区域に取り残されていた牛の処分を　今年一月に終了したという
「殺処分」された牛は
計・千六百九十二頭(8)
「モウーン」とただ一声を残して死んで行った

死んだ牛たちが
残したものは
乾いた皮と
開かぬ眼そして
行くへ《ママ》告げず
去った人間へ聞きそびれた
耳。

そこにあるのは
干草ひとつない桶と
干乾びた　水瓶
見えない風が
牛たちの夢を
吹き消した（9）

放射性物質の災厄に遭遇したのは人間だけではない

たくさんの牛たち
空飛ぶ鳥たち
福島県の鳥・キビタキも放射能を浴びた
土に住む生きものたち
オケラもミミズも蝉の幼蟲もみな
汚染された土を離れることはできない
水面をすいすい走るあめんぼう
その他数えきれない川とともに生きてきた生きもののすべてが
汚染された水を
離れられない

大資本は増益や効率のためとあれば、国土を崩し川や海を汚すことを意に介さぬ
これまでどれだけの企業悪を重ねてきたか
それを支えてきた
「巨大科学」と最新の「先端技術」

巨大悪を
黙認してきた
巨大権力

脱プルトニウム宣言　一九九三年一月三日

プルトニウムに未来はなく、未来を託することもできない。それは冷戦時代の負の遺産にすぎない。いま、世界中の心ある人々、そして国々がこの遺産――超猛毒で核兵器材料である物質の脅威をどう断ち、子供たちにプルトニウムの恐怖のない未来をどう残せるか、苦闘を開始している。その時に、ひとり日本のみが大量のプルトニウムの増殖・分離・取得・使用を企図している。それは、地上の安全と平和にとって大きな挑戦であり、世界を新たなる核開発競争へとかりたてるものだ。

（中略）

私はここに、日本の脱プルトニウムへ向けた希求と、日本政府のプルトニウム政策転換を求める強い意志を表すため、ハンストに入る。これは同時に、同じ願いをもつ日本いや世界

中の人々に連帯の意志を表明するためのものでもある[10]
（以下略）

ハンストをもって訴えた高木仁三郎の声は完全に無視された

——水俣病は人類が経験した環境汚染としては史上最初にして最大級のものであるが、放射能汚染もまた、汚染のメカニズム、規模においては異なるが、人類が初めて経験した巨大な環境汚染といっていい。したがって今後、被曝者や汚染された住民がどのような経過をたどるか、不明であることは両者ともに同じである。[11]

水俣で患者たちに寄りそって病気の解明と救援に力をつくした原田正純医師
その声が企業にも国にも真剣に受けとめられることのなかったのは高木仁三郎氏と同じ
お二人とも既に鬼籍に入った
しかし耳をかさなかったのは企業家や国家の権力者たちだけではなかった
国内各地に五十四基もの原発が続々と設置されるのに全く無関心でいたおのれを愧じる

そういう者が今　原発反対を口にするのは　増設を進めてきた政・財・官――金・権一体の「天」
に向って唾を吐くようなものか
しかし
唾をおのが身に浴びつつも
言わなければならない
「原発をやめろ！」
「再稼働を中止せよ！」

そういう声は今
無視されようと　聞かれまいとひるむことなく
国内各地に高まりをみせている

――福島は、今や世界に「Fukushima」として知られる。原発事故の被災地としてである。放射能汚染で、十四万もの人が今も避難を続けている。とんでもない話である。芭蕉は「おくの細道」に中国の杜甫《とほ》の詩「国破れて山河あり……」を引用しながら、山は崩れ、河は流

れが変わる——と書いた。山河もなくなることはあるが永遠に残るのは「言葉」だと。被災
地への思いは風化しがちだ。私たちは、いつまでも言葉で伝え続けなければならない。(12)

その「永遠に残る」ことばが今
心ある人間の耳には聞こえている

六

夏着一枚で半ば水没した谷中村に入った義人・田中正造
国家からも社会からも見捨てられた亡村で　十八戸　百余名の人たちと共に生きた
「辛酸」七十二の生涯
足尾銅山の鉱毒をとめよ！　との訴えは
直接に訴えるための数次にわたる面会の申し入れを拒み通した権力者の伊藤博文　山県有朋　西
郷従道　榎本武揚　その他大勢の誰の耳にもとどかなかった(13)
銅は彼らが目指す「富国強兵」の武器

彼らに正造の言を聴く人間の耳はなかった
原発はあらたに目指している「富国強兵」の基《もとい》――経済発展の「ベースロード」とみる人の耳も
同じ

物質上人工人為の進歩のみを以てせば、社会は暗黒なり。電気開けて世間暗黒となれり。
亡国は偶然にあらず。何も彼も亡びて後、いよいよ亡国となる也(14)

人生大道あり。草木気節あり。人にして道を覆まざれば、草木にして気節なきと同一なり。
何を以て人と云ふ。直立歩行言語を通ずるのみ。禽獣にして物言わゞ、草木にして物言わゞ、
人に勝るもの多数ならん。嗚呼、草木なる哉。禽獣なる哉。(15)

人も他の生き物や
草も木も
美しい山河のもとに共に生きるのを支える「人間の科学」を新たに創らねば
人類の未来どころか　現在が危うい

これまでのわれらの価値観の根源的な変革がなければならない
敵を殺すための科学ではなく「形而上学を混淆させた科学」を夢み　その成就を若い人たちに託
した蛙
「ごびらっふ」
死を前にして
おのれの頭の及ばぬのを深く嘆いた「ごびらっふ」とは違って
何思うなく
願うなく
ただ一筋に「巨大科学」を支えに「経済成長」と「利潤や効率」のみを追求している人間を
「禽獣」に劣ると　田中正造は言うだろう
その声も
「市民科学者」の声も
熊本の一人の医師の声も　みな
この国の地の底に埋もれている　あたかも無用のもののごとく
埋もれて沈黙しているが

消滅はせぬ
大地の底に盤石のごとく
在る
　存在しつづける

騒音語（独裁者の発する命令など）が万事をならし　均質化してしまう世界にあって
人間が自主的で主体的な存在であるための「聖なる無用性」としての沈黙について語ったM《マックス》・ピカートのことば
それが今
格別の響きを以て
われらの耳朶を打つ

沈黙は今日では『利用価値なき』唯一の現象である。沈黙は、現代の効用価値の世界にすこしも適合するところがない。沈黙はただ存在しているだけである。それ以外の目的はなにも持っていないように思われる。だから、人々はそれを搾取することが出来ないのである。

一方、その他のあらゆる偉大なる現象は、効用の世界によって併合されてしまった。天と地とのあいだの空間でさえ、飛行機がそこを航行するために利用される一種の明るい竪坑《たてあな》のようなものでしかない。水や火など、これらの四大原素も効用世界のなかへ奪いこまれていて、それらがこの効用世界の一部をなすかぎりにおいてのみ意識されるにすぎない。それらはもはや独自の存在を持ってはいないのである。

ところが、沈黙は効用世界のそとにある。(中略) だから、それは何らの価値をも認められることがない。

それでも、沈黙からは、他の効用価値のあるあらゆるものからよりも一層大きな治癒力と援助の力とが放射しているのである。

それは突如として、あまりにも目的追求的なものの流れを切断するのである。それは、もろもろの事物のなかに蔵されている侵すべからざるものを強め、搾取と掠奪が諸事物にあたえた傷害をやわらげる。そして、諸事物を破壊的利用の世界から全き存在の世界へと奪いかえすことによって、われらをふたたび完全にするのである。(16)

七

七月
カララ
カララ

（こりらら　るびや　びるだあやあ）
（こりらら　るびや　びるだあやあ）

元のままの声で鳴いているか
「ふくしま」川内村の
森青蛙

注

（1）弥生書房刊、一九五七年。
（2）フリー百科事典『ウィキペディア Wikipedia』。
（3）福島民報社編・刊「M9・0東日本大震災――ふくしまの30日」二〇一一年四月（抄出引用）。
（4）『東京新聞』二〇一四年三月十二日・記事。
（5）『東京新聞』二〇一四年三月十一日・記事。
（6）「やまもと民話の会」発行　宮城県亘理郡山元町「歴史民俗資料館」内。
（7）『東京新聞』二〇一四年四月二十七日・記事。
（8）『東京新聞』二〇一四年四月二十四日・記事。
（9）宇田川民生 版画・詩「生きているあなたへ」二〇一三年現地での見聞をもとに製作したものと聞く。
（10）高木仁三郎『市民科学者として生きる』岩波新書、一九九九年。
（11）原田正純『水俣病』岩波新書、一九七二年。
（12）ドナルド・キーン「『福島』伝え続ける」『東京新聞』二〇一四年三月二日・記事。
（13）林竹二・日向康編『島田宗三・田中正造翁余録』（上）（下）三一書房、一九七二年。
（14）『田中正造晩年の日記』日本評論社、一九四八年、二八八頁。
（15）同、二四一頁。
（16）マックス・ピカート『沈黙の世界』佐野利勝訳、みすず書房、一九六四年。

〈拾遺〉『従容録』崩し

詩は論理という一握りの硬貨を取り上げて、魔術に変換しようと試みるわけではない。
むしろ、それは言語をその源泉に引き戻そうとしている。

——ボルヘス——

第一則　（世尊陞座《せそんしんぞ》※）

主　不在《あらず》
カタカタと柴折戸に
風は吹く
春夏秋冬

※陞座　説法の座にのぼること

第二則　（達磨廓然《だるまかくねん》）

あるがままの　ありつぶれ
ガランとして何もない野を一人行くは
誰か
不識

第三則

火をかいくぐる盲いたる亀
火もなく亀もなく
石に花咲き　犀は月と遊ぶ
天地開闢　以前

（東印請祖《とういんしょうそ》）

第四則

野末の草の葉の一塵に　天地満つ
指さす彼方紅塵万丈の巷
無造作に立つ
化外の人

（世尊指地《せそんしち》）

第六則

（馬祖《ばそ》白黒《びゃっこく》）

語るに口無く　行くに足無し
言わず　行かず
白は白　黒は
黒

第七則

（薬山陞座《やくさんしんぞ》）

壇上　本来の閑人
論無く説無し
それよりも見ろよ　月の鶴
寒清骨に徹《とお》って眠らずにいる

第八則　（百丈野狐《ひゃくじょうやこ》）

不昧因果じゃ　不落因果よと騒いだ果てに
野狐身に堕ちて五百生
遠く聞こえる
祭り囃子の笛太鼓

第九則　（南泉斬猫《なんせんざんみょう》）

有無両断
虚空であくびしている　真っ二つの猫
見届け終って帰る草鞋
来た甲斐があった

第十則　（臺山婆子《だいざんばす》）

ことばは騙しの道具
まっすぐに行け
真偽　迷悟　山川草木　「悉皆戯具」
と言ってしまえばそれも三文

第十二則　（地藏種田《じぞうしゅでん》）

田の畔の地蔵
足を洗う　泥水
「生きかはり死にかはりして」※
三界　法身

※村上鬼城の句より

第十四則　（廓侍過茶《かくじかさ》）

石火電光
深意　遠思を捨てて喫す
茶一杯
ありがとう

第十六則　（麻谷振錫《まよくしんしゃく》）

振錫一下して言う
乾坤第二人なし　と
八風吹けど　しゃれこうべは知らず
是非

第十七則　（法眼毫釐《ほうげんごうり》）

一双にして孤　一対にして独立
一人天地　天地懸隔
均衡　毫釐の差なきに
秤を傾ける蠅一匹

第十九則　（雲門須彌《うんもんしゅみ》）

有念無念ともに住さず
不起一念
なんぞとキレイごと
須弥山は　丸出し

第二十一則　（雲門掃地《うんもんそうち》）

隈なく地を掃く
苦もなく楽もなく苦労を分つ友もなく
さらに掃き出す
三月の月　一片

第二十二則　（巖頭拜喝《がんとうはいかつ》）

一喝
躍起する老虎
天を支え地を払うと　言々
老賊の嘘

第二十五則　（鹽官犀扇《えんかんさいせん》）

眼前　無限の過去
見れども見えず
孤灯は照らす
月千年の闇

第二十六則　（仰山指雪《ぎょうざんしせつ》）

見よ雪中の獅子
一倒一起
風は誘う梅花また
奪い去る桐一葉

第三十四則　（風穴一塵《ふけついちじん》）

渭水に糸を垂れし白髪の人
一国を興すあれば
首陽に一家を滅せし青餓の者あり
一塵　立つも起たぬも同等

第三十六則　（馬師不安《ばしふあん》）

病まば伏し
死ぬ時は死ぬがよろしく
日面仏《にちめんぶつ》　月面仏《がちめんぶつ》※
切断する一機の絹

※日面仏　長寿の仏
月面仏　短命の仏

第三十七則　（潙山《いさん》業識《ごつしき》）※

迷路　果てなく
煩悩　尽きず
拠るところなく
なきまま　なきままに

※業識　妄分別・無明煩悩

第三十八則　（臨濟《りんざい》眞人《しんにん》）

百花を開き
九牛を引き廻す力も
迷・悟を裂けず　などと
句裏に死在する

第三十九則　（趙州洗鉢《じょうしゅうせんぱつ》）

「三輪皆空」※
暗中模索
見つけたか　飯茶碗
洗っておけ

※食事の時唱える言葉
布施に執着する心を打ち砕くために「施者・受者・施物」の三輪とともに本来空と観ずることをいう

第四十則　（雲門白黒《うんもんびゃっこく》）

両刃相交える暗夜一閃の光
白・黒いずれ
いずれとも
いずれでも

第四十一則　（洛浦臨終《らくほりんじゅう》）

見えようか　青山常に動き
言えとても
言なきに
年老い　心孤にして

第四十三則　（羅山起滅《らざんきめつ》）

至理なく至真なく妄念もない
ただ　湧かす汝がある
と一喝万機
耳つぶれ

第四十五則　（覺經四節《かっきょうしせつ》）

迷い起こすな　止めるな
迷・悟ひとつと
千年の古紙にくるんだ
無駄薬

第四十七則　（趙州柏樹《じょうしゅうはくじゅ》）

仏はいます庭前の柏樹
春は満つ花一輪
大海は一滴　そこまで
それだけ

第四十九則　（洞山供眞《とうざんくしん》）

絵に描けぬ
千年の老鶴
ただに老ゆ
雲松の頂

第五十則　（雪峰甚麼《せっぽうなんぞ》）

西に生まれ東に死す
末期の一句　只これこれ
軽舟　月を載せて浮かぶ
秋の水

第五十一則　（法眼《ほうげん》舡陸《こうりく》）

生まれ生きて死ぬに何の悟か
海路　陸路　行くに道なく
水　水を洗わず　糸なき琴の
音色

第五十二則　（曹山《そうざん》法身《ほっしん》）

法身虚空　自在なる
譬えば映る井戸の月
のぞき見る驢馬
驢馬を見る月

第五十四則　（雲巖大悲《うんがんだいひ》）

八面玲瓏
かたち無き春の花
声なき鳥の
声

第五十五則　（雪峰飯頭《せっぽうはんじゅ》）

おのがじし行け
水　水を離れ
青は
藍より出ず

第五十七則

(巌陽一物《ごんよういちもつ》)

無一物が一物
つきまとう身の影
捨てよ一物
捨てられずんば　持って帰れ

第五十八則

(剛經輕賤《ごうきょうきょうせん》)

踏まれ蹴られる身の前世の因果
前世の因果などあろうか
因果は今ぞ
金剛不壊

第五十九則　（青林死蛇《せいりんしじゃ》）

行かずば停まる
止まらば腐る
孤舟一管の
月を呼ぶ笛

第六十則　（鐵磨牸牛《てつまじぎゅう》）

往くも還るも
同じ
投げ出す一身丸ごと
老太平

第六十二則　（米胡悟不《べいこごふ》）

転迷　開悟
第二頭に落つるを如何せん
月は老いて冴えわたり
凄々　玉樹に吹く暁の風

第六十三則　（趙州問死《じょうしゅうもんし》）

大死一番
鳥は飛び発つ空の果て
たより
無し

第六十四則

月は舟を逐って清流を下り
野焼に続く春
千変萬化する不変
預け放しの独露身

（子昭《ししょう》承嗣《しょうし》）

第六十七則

一塵含万象
一年具三千
華厳　天台の極意
なに　葉っ葉の食い方など誰も知ってる

（嚴經《ごんきょう》知慧《ちえ》）

第六十九則　（南泉白拈《なんせんびゃっこ》）

何も知らぬと三世の諸仏
知っている浅ましさ
知らぬ阿呆
一も耐ゆる所無し

第七十一則　（翠巖眉毛《すいがんびもう》）

紙一枚
無し
己の紙銭※も
無い

※棺に入れるぜにがた

第七十三則

捨てて行く
捨てて
傾いて残る月も
捨てて行く

（曹山孝滿《そうざんこうまん》）

第七十五則

何を言おうと
六根六塵※
磨きようはない
玉も塵も

（瑞巖常理《ずいがんじょうり》）

※六根　眼耳鼻舌身意
六塵　色声香味触法

第七十六則　（首山三句《しゅざんさんく》）

法界《ほっかい》　人天《にんてん》　貪瞋痴《どんじんち》
月もない
真っ暗闇の只中を
貫き通る

第八十二則　（雲門聲色《うんもんしょうしき》）

目で見　耳で聞いて
地獄に堕ちた
われらを誘う
見聞声色

第八十五則　（國師塔様《こくしとうよう》）

真暗闇の無影樹
見える筈無し
雲収まり山痩せて百年の後
樹影　顕つ

第八十七則　（疎山有無《そざんうむ》）

樹は枯れ花は散り何処へ失せたか
鳥に問えど
鳥は一箭
通り抜ける天の門

第八十八則　（楞厳不見《りょうごんふけん》）

見たは昼の月
闇に流す墨で
描く
空華

第八十九則　（洞山無草《とうざんむそう》）

一面の草　草
脚下　胸中
無草
天空

第九十則

進まず
退かず
貝は月の精を呑んで
珠《たま》を為す

（仰山謹白《ぎょうざんきんぱく》）

第九十一則

夢は現
現　幻
風に嘯き雲と戯る
庭前一朱の花

（南泉牡丹《なんせんぼたん》）

第九十六則（九峰不肯《きゅうほうふこつ》）

月を巣として鶴
千年自在の夢
雪に住んでは閉ざす
一色

第九十八則（洞山常切《とうざんじょうせつ》）

古岸
夕靄
孤舟
切実

第百則

（瑯琊山河《ろうやさんが》）

清浄本然
三界六道に輪廻する
輪廻する山河大地
清浄本然

注記

「従容録」については、安谷白雲『禪の心髄　従容録』（春秋社、一九九八年）に拠った。禅語の説明等もすべて本書に拠ったが、四行詩の想が湧けばよしとしたので、各則に即した忠実な読みではない。それに、全百則ではなく約半分の抄出である。『崩し』と題した所以である。まことに不実な読みで著者に申しわけない。ご教示への感謝とともに心からのおわびを記す次第である。

あとがき

前作『下天の内』に続くこの第二部『一塵四記』も、〈拾遺〉を含めた各篇はそれぞれ独立した作品であるが、深いところでつながっている。

先年の「福島」の大災害、ならびに天然記念物「モリアオガエル」等の資料の収集については、会津若松の前島一昭・眞知子夫妻のお力添えをいただいた。被災者の発言に関しては、小林千賀子さん所有の文集に拠った。ペン書きのままの原稿の、パソコンによる活字化等の整理について、「一塵四記」は、「地域文化研究会」のなかま（新藤浩伸・胡子裕道・杉浦ちなみ）の各位、「『従容録』崩し」については、孫娘の取くみを旧友・中村和彦君が扶けてくれた。それぞれ、ありがたいことであった。

『下天の内』第一部に続いて本書の刊行を御承引下さった藤原書店社長・藤原良雄氏、ならびに編集部・小枝冬実さんに、心からの御礼を申し上げたい。

二〇一四年十一月

大音寺一雄

著者紹介

大音寺一雄（だいおんじ・かずお）

本名・北田耕也《きただこうや》。1928年、福岡県小倉市に生まれる。旧制・佐賀高等学校、武蔵高等学校を経て、東京大学教育学部（社会教育専攻）卒。東洋大学社会学部教授、明治大学文学部教授を経て、明治大学名誉教授。

おもな著書に『大衆文化を超えて――民衆文化の創造と社会教育』（国土社）『明治社会教育思想史研究』（学文社）『近代日本　少年少女感情史考』（未來社）『「痴愚天国」幻視行――近藤益雄の生涯』（国土社）『〈長詩〉遥かな「戦後教育」――けなげさの記憶のために』（未來社）『下天の内』（藤原書店）等がある。

一塵四記《いちじんしき》 下天《げてん》の内《うち》 第二部《だいにぶ》

2014年11月30日　初版第1刷発行©

著　者　大音寺一雄

発行者　藤原良雄

発行所　株式会社　藤原書店

〒162-0041　東京都新宿区早稲田鶴巻町523

電　話　03（5272）0301

FAX　03（5272）0450

振　替　00160-4-17013

info@fujiwara-shoten.co.jp

印刷・製本　中央精版印刷

落丁本・乱丁本はお取替えいたします

定価はカバーに表示してあります

Printed in Japan

ISBN978-4-86578-002-4

2 **1947年** 解説・富岡幸一郎

「占領下の日本文学のアンソロジーは、狭義の『戦後派』の文学をこえて、文学のエネルギイの再発見をもたらすだろう。」（富岡幸一郎氏）

中野重治「五勺の酒」／**丹羽文雄**「厭がらせの年齢」／**壺井榮**「浜辺の四季」／**野間宏**「第三十六号」／**島尾敏雄**「石像歩き出す」／**浅見淵**「夏日抄」／**梅崎春生**「日の果て」／**田中英光**「少女」

296頁 **2500円** ◇978-4-89434-573-7（2007年6月刊）

3 **1948年** 解説・川崎賢子

「本書にとりあげた1948年の作品群は、戦争とＧＨＱ占領の意味を問いつつも、いずれもどこかに時代に押し流されずに自立したところがある。」（川崎賢子氏）

尾崎一雄「美しい墓地からの眺め」／**網野菊**「ひとり」／**武田泰淳**「非革命者」／**佐多稲子**「虚 偽」／**太宰治**「家庭の幸福」／**中山義秀**「テニヤンの末日」／**内田百閒**「サラサーテの盤」／**林芙美子**「晩菊」／**石坂洋次郎**「石中先生行状記——人民裁判の巻」

312頁 **2500円** ◇978-4-89434-587-4（2007年8月刊）

4 **1949年** 解説・黒井千次

「1949年とは、人々の意識のうちに『戦争』と『平和』の共存した年であった。」（黒井千次氏）

原民喜「壊滅の序曲」／**藤枝静男**「イペリット眼」／**太田良博**「黒ダイヤ」／**中村真一郎**「雪」／**上林暁**「禁酒宣言」／**中里恒子**「蝶蝶」／**竹之内静雄**「ロッダム号の船長」／**三島由紀夫**「親切な機械」

296頁 **2500円** ◇978-4-89434-574-4（2007年6月刊）

5 **1950年** 解説・辻井喬

「わが国の文学状況はすぐには活力を示せないほど長い間抑圧されていた。この集の短篇は復活の最初の徴候を揃えたという点で貴重な作品集になっている。」（辻井喬氏）

吉行淳之介「薔薇販売人」／**大岡昇平**「八月十日」／**金達寿**「矢の津峠」／**今日出海**「天皇の帽子」／**埴谷雄高**「虚空」／**椎名麟三**「小市民」／**庄野潤三**「メリイ・ゴオ・ラウンド」／**久坂葉子**「落ちてゆく世界」

296頁 **2500円** ◇978-4-89434-579-9（2007年7月刊）

6 **1951年** 解説・井口時男

「1951年は、重く苦しい戦後、そして、重さ苦しさと取り組んできた戦後文学の歩みにおいて、軽さというものがにわかにきらめきはじめた最初の年ではなかったか。」（井口時男氏）

吉屋信子「鬼火」／**由起しげ子**「告別」／**長谷川四郎**「馬の微笑」／**高見順**「インテリゲンチア」／**安岡章太郎**「ガラスの靴」／**円地文子**「光明皇后の絵」／**安部公房**「闖入者」／**柴田錬三郎**「イエスの裔」

320頁 **2500円** ◇978-4-89434-596-6（2007年10月刊）

7 **1952年** 解説・髙村薫

「戦争や飢餓や国家の崩壊といった劇的な経験に満ちた時代は、それだけで強力な磁場をもつ。そうした磁場は作家を駆り立て、意思を越えた力が作家に何事かを書かせるということが起こる。そのとき、奇跡のように表現や行間から滲みだして登場人物や物語の空間を浸すものがあり、それをわたくしたちは小説の空間と呼び、力と呼ぶ。」（髙村薫氏）

富士正晴「童貞」／**田宮虎彦**「銀心中」／**堀田善衛**「断層」／**井上光晴**「一九四五年三月」／**西野辰吉**「米系日人」／**小島信夫**「燕京大学部隊」

304頁 **2500円** ◇978-4-89434-602-4（2007年11月刊）

この十年に綴った最新の「新生」詩論

生光《せいこう》

辻井喬

「昭和史」を長篇詩で書きえた『わたつみ 三部作』(一九九二〜九九年)を自ら解説する「詩が滅びる時」。二〇〇五年、韓国の大詩人・高銀との出会いの衝撃を受けて、自身の詩・詩論が変わってゆく実感を綴る「高銀問題の重み」。近・現代詩、俳句・短歌をめぐってのエッセイ――詩人・辻井喬の詩作の道程、最新詩論の画期的集成。

四六上製　二八八頁　**二〇〇〇円**
(二〇一一年二月刊)
◇978-4-89434-787-8

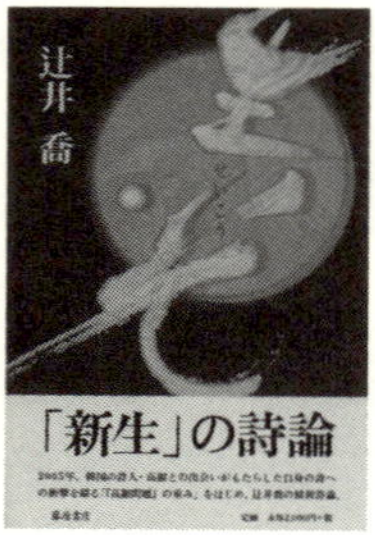

人の世と人間存在の曼陀羅図

下天(けてん)の内

大音寺一雄

「下田のお吉」(歴史小説)、「兆民襤褸」(政治小説)、「山椒太夫雑纂」(エッセイ)の、独立しているが相互に内的関連性をもつ小作品を第一部に、血縁が互いに孤立を深めていく無残を描いた自伝的小説を第二部におく綜合的創作の試み。

四六上製　三一二頁　**二八〇〇円**
(二〇一三年二月刊)
◇978-4-89434-901-8

著者渾身の昭和論

昭和とは何であったか

(反哲学的読書論)

子安宣邦

小説は歴史をどう語るか。昭和日本の中国体験とは何であったか。死の哲学とは何か。沖縄問題とは何か。これまで〝死角〟となってきた革新的な問い。時代の刻印を受けた書物を通じて「昭和日本」という時空に迫る。

四六上製　三二八頁　**三二〇〇円**
(二〇〇八年七月刊)
◇978-4-89434-639-0

真の「知識人」、初の本格評伝

沈黙と抵抗

(ある知識人の生涯、評伝・住谷悦治)

田中秀臣

戦前・戦中の言論弾圧下、アカデミズムから追放されながら『現代新聞批判』『夕刊京都』などのジャーナリズムに身を投じ、戦後は同志社大学の総長を三期にわたって務め、学問と社会参加の両立に生きた真の知識人の生涯。

四六上製　二九六頁　**二八〇〇円**
(二〇〇一年一一月刊)
◇978-4-89434-257-6